U0139505

Tokyo
Twilight

东京暮色

〔日〕奥野信太郎 著

王熹微　王新民 译

上海三联书店

奥野信太郎

奥野信太郎与他的东京情结

（代序）

佐藤朔[1]

　　奥野信太郎出生于东京的麴街，在番町小学、开成中学读过书，大学也是上的东京的庆应义塾大学，是个货真价实的城里人。所以，他特别钟情于东京和北京这样的大都市。

　　我与奥野信太郎上的是同一所中学和大学，后来又在同一所大学里工作。我们是在二战后才相识的。我又通过别人的谈话，读他的随笔文章，知道了他战前的一些情况。当然，直接了解到他的特长、癖好以及谈话方式等，那都是昭和二十年（1945年）之后的事情了。他给人的感觉是，什么事情都喜欢试一试，什么事情都玩得转，与什么人都能相处得好。他的人脉关系深厚，在战后的困难时期，他也是最早从黑市弄到食物、烧酒与烟卷等紧缺物资的人。每当附近的小酒馆或是咖啡店开张，他总是第一批去尝味道的食客。与之不同的是，他特别讨厌开会，讨厌办理那些烦琐的手续。所以，

---

[1]　佐藤朔（1905—1996）：日本的法国文学研究家，日本艺术院委员，曾任庆应义塾大学校长。

教授会上很难见到他。有时，他还会突然宣布休讲，把学生的课停了，一个人躲在研究室里写文章。

与好友相聚时，有时他稍微喝了点酒，就会说些笑话来逗趣。看得出来，他是个很善于交际应酬的人。他兴致高的时候，还会打上出租车，带着朋友们往郊外的酒场跑，往胡同里的居酒屋跑。瞧他"服务"的那个热心劲儿，你还真不忍心不给他打满分。

奥野信太郎生在东京、长在东京，他最喜欢做的事情就是在街巷里弄中游逛。他曾经戏称自己为"三痴"，也就是"书痴""食痴"和"情痴"。可以这样说，无论哪里开了旧书店，他凭着天生的嗅觉，都能一家不落地找到。而且还会一头扎进去，淘自己喜欢的古旧汉籍或侦探小说。无论是开在僻静巷子里的居酒屋，还是地下室里的酒吧，他也都能闻着酒香而去。他的美食经验十分丰富，甚至还写过"美食指南"之类的书籍，专门介绍东京的美食。他的这些表现，说是"食痴"，还真一点都没有浪费他的才华。他通晓各地的美女，在酒席宴上也喜欢逗弄那些陪酒的女子。那些在旧书店或是什么地方遇见过的女孩子，在他的眼里全都是美人。有时为了与她们重聚一次，甚至不辞长途跋涉的辛劳。他还特别喜欢讲日本或是中国的艳笑故事，而每每绘声绘色地讲那些风趣滑稽或是情色的笑话时，他自己却不动声色，甚至脸上连嬉笑的表情都没有。所以，朋友们都认为他是一个多才多艺而又充满情趣的人。

奥野信太郎《东京暮色》一书中所记录的，基本上是大震灾[①]

[①]　大震灾：指 1923 年 9 月 1 日发生在日本关东的强烈地震。这场地震造成日本地震历史上最大规模的人员死伤，死者达 14 万人之多。

前后的 20 世纪 20 年代，以及二战之后的东京风情。因而，若是想了解当时东京的民俗风情，他数量众多的随笔文章便是最好的信息源。尤其涉及当时东京的繁华场所、郊外的风流场所、附近的胡同里巷等生态环境的兴盛衰落，除了他，还真找不着第二个人。并且，他在随笔文章中所描写的那些如今已经看不到的屋台店①、露店②、畸形秀表演③、浅草六区④、缘日、牛奶店铺等景象都非常真实，充满着人间的烟火味。他的文章还详细记叙了当时东京的娱乐场所，如银座、新宿、池袋、神乐坂、涩谷等地区的变迁。同时，他笔下的"麻布市兵卫街总散发着一种西洋的味道""银座的糕点真甜"等真实体验，都给读者留下过深刻的印象。

东京的那些娱乐场所与郊外的风流场所，大致也是他所无限崇拜的永井荷风平时活动的地方。所以，他在描摹这些故事的时候，就难免有一种与荷风、久保田万太郎等旧友亲密接触的感觉。据说，当年他是追随荷风才去读的庆应义塾大学。可是，等他考上庆应大学之后才得知，荷风早已辞职离开了。为此，他好像很长一段时间都深陷在痛楚之中。不过，后来他曾经数次见过荷风，并且对荷风作品中出现的一些地名特别眷恋，常常怀着虔诚的心情去那些地方溜达。他尤其喜欢去那些位于下町的公园、妓院，好像是在追寻荷

---

① 屋台店：指形状如同小屋、可以移动的路边店。
② 露店：指日本缘日祭祀活动时，摆放在路边的各种卖货摊点。
③ 畸形秀表演：日本自古以来就有的一种表演形式。表演主要设在都市的热闹场所或者寺庙内，表演内容以曲艺以及一些反常现象、畸形生物为主，给参观者带来感官和精神上的冲击。
④ 浅草六区：指位于日本东京都台东区浅草的娱乐街，人们平常称之为浅草六区或者公园六区。"六区"原本是 1884 年开始改造浅草公园时候的区位划分编号。

风的遗迹。他也曾经为自己辩白过，说自己这样做，是为了考察荷风的《隅田川》[①]与《濹东绮谭》[②]这两部小说作品的创作背景。这些情况，在他与朋友们谈话中，还有他的随笔文章中都出现过。后来，奥野信太郎突然去世的地点也是浅草。我想，这里面是不是有什么因缘呢？噩耗传来，我感到十分突然，也非常惋惜。

记得奥野信太郎曾经在一篇随笔文章中写过，恩师久保田万太郎突然病逝时，他恰巧在现场。那番手忙脚乱的景况，真是令人不堪回首。另外，被他尊称为"先生"的还有户川秋骨、马场孤蝶，再就是与谢野铁干和夫人晶子了。前两位都是研究外国文学的学者，是奥野学习英国文学乃至世界各国文学的引路人。因此，战前的那段时间，他好像总是往六本木[③]附近的古旧书店跑，淘西洋旧书籍。后来，他打听到了荷风卖书的旧书店。据说，从那里也弄到了一批宝贝。战后，我们一起闲谈时，他谈到许多法国的文学名著，令我刮目相看，想必是读过那些作品的英译本。大概是孤蝶教诲的缘故，他自然也就对20世纪的外国文学产生了兴趣。听说，他战争期间在北京留学时，曾经聘请了一位中国美女教他读文学作品。而他所选用的教材，居然就是中译本的《查泰莱夫人的情人》。我想，选这样的小说作教材，也只有奥野信太郎能够做得出来。

我还记得，奥野曾经与我提起过与谢野晶子，说那是一位很严

---

① 《隅田川》：日本小说家永井荷风的中篇小说。刊载于 1909 年 2 月的《新小说》杂志，1911 年 3 月收入籾（ní）山书店发行的小说戏剧集《隅田川》作为首篇。
② 《濹东绮谭》：日本小说家永井荷风的小说作品。题目的意思是：发生在隅田川东岸的故事。濹，音 mè。
③ 六本木：日本东京都港区的地名。

厉的和歌老师。还说她是个特别热情的人，哪怕是大冬天也总是光着脚，不喜欢穿足袋①。他还给我们说过佐藤春夫、松井须磨子、中川纪元等人的逸闻趣事。不过，我们的聊天话题一旦涉及学校的同事，他的语调就会变得尖酸刻薄起来，毫不掩饰地揭人家的短，表达自己的嫌恶。他看上去像个圆滑洒脱的社交家，却总是使人感觉到他的内心深处隐藏着不可言喻的孤独与寂寞。人们更多看到的是他在广播电台或电视节目上兴高采烈地侃侃而谈，却很难看到他坐在小酒馆的一角，以酒浇愁、郁郁寡欢的样子。我以为，那些热衷于及时行乐的人，都必然会与哀愁结缘的。当然，奥野信太郎的"哀愁"，在他的"三痴"当中，又到底与哪一"痴"结缘更深，我就说不清楚了。

---

① 足袋：日本传统服饰的一种。日本人穿和服时直接穿在脚上的一种袜子，一般都是用棉布做成的。

目　录

奥野信太郎与他的东京情节（代序）

秋分节后 / 001

东京暮色 / 007

缘日 / 010

牛奶馆 / 014

露天店的兴衰 / 018

冬夜的回忆 / 021

市兵卫町的故事 / 024

曝书 / 028

梦中的老胶片 / 036

浅草杂记 / 039

酒吧今昔谈 / 048

墨堤杂记 / 058

从洲崎到龟户 / 062

从今户到千住 / 074

从池袋到板桥 / 085

从穴守到川崎 / 096

夜未央，酒未央 / 108

道玄坂上 / 113

银座之夜 / 119

从三田到神乐坂 / 123

棚户房与日本人 / 129

"谎花"凋零之后 / 139

擦皮鞋的父女俩 / 144

阿美 / 149

跑厕所 / 154

梦若彩虹 / 158

消失的叫卖声 / 161

夏日之妙境 / 164

空虚的逸乐 / 168

布包袱 / 172

鹦鹉 / 175

早春花信 / 179

东京战火之后 / 182

黑澡堂子 / 188

旧煤油灯 / 192

话说"三痴" / 197

薄暮时分 / 201

涩谷素描 / 204

夜间游览巴士 / 211

中央邮电局 / 214

秋分节①后

一中节②"菅野派"③的剧目《都羽二重拍子扇》④排练都已经开始了，可新版的排练脚本还没有印出来。这一缺货，艺人们的难处自然不用说，还有那么多的"票友"，到哪儿去找脚本呢？就连平时在图书界颇负盛名的广小路的浅仓书店和御徒町的下吉书店，也是一筹莫展，根本就没有存货。

"我自己倒是好说，可那些参加排练的人怎么办呢？"

"你看看能不能想到什么好法子啊？"

---

① 秋分节：日本从江户时代起，就从中国引进了历法。明治十一年至昭和二十二年（1871—1947年），秋分这一天被确定为"秋季皇灵祭日"，也是全国的节日。昭和二十二年，根据日本国法律，秋分日被确定为国民祭祀祖先的节日。
② 一中节：日本古典剧种净琉璃的一种，也是净琉璃的古曲之一，是日本重要的无形文化遗产。
③ "菅野派"：一中节的一个流派。
④ 《都羽二重拍子扇》：日本古典文学作品。

每次与菅野序柳①见面时，我们总是要说这件事。在元柳町河边二楼的书房里，我常常看到序柳趴在桌子上抄写脚本，而且总是一抄就抄到很晚。与受观众欢迎的曲子一样，一中节的每首曲子、每卷脚本也都是很珍贵的。序柳是个好动笔的人，在他的书架上，各种典籍应有尽有。那些与一中节派有关的种种古老文献，他也常常涉猎，且总是孜孜不倦地誊抄。在如今《都羽二重拍子扇》排练脚本缺乏的情况下，他就更得抽出时间来抄写了。因为他知道，要是不赶紧抄写出来的话，是会影响排练进度的。

我和序柳从儿时起就是很好的伙伴，所以也没有了普通朋友之间的那种讲究。每次只要淘到《都羽二重拍子扇》的老本子，我都会立刻寄给他。我想，这样也许能够给他提供一些帮助吧。这对我来说已经习以为常。我这样做，序柳也是十分高兴。

在地震发生前的一段时间里，我住在谷中的笠森稻荷附近。从初音町一直通往七面坂的这段路，就是人们所说的"六阿弥陀道"②。到达七面坂之后，再往日暮里方向走几步，左手边就能看到田村松鱼③先生开的古玩店了。我一直都是田村先生《北美之花》的热心读者。在一个宁静的冬夜，我不知不觉走到了七面坂附近，看到先生的身影映在店里窗户的玻璃上，心中真是感慨不已。《北美之花》是与永井荷风④先生的《美国物语》同一个时期出版的。作品

---

① 菅野序柳：日本大正年间著名的一中节演奏家，"菅野派"的第二代传人。

② "六阿弥陀道"：东京寺庙与居民区之间十分清静的步行街。

③ 田村松鱼（1874—1948）：日本作家，1903年至1909年间留学美国。

④ 永井荷风（1879—1959）：原名永井壮吉，日本著名小说家、散文家，日本新浪漫主义和唯美主义文学的代表，代表作有《地狱之花》。

虽然很出色，当时却没有引起多少反响，慢慢地也就销声匿迹了。如今，知道这本书的人可能就更是寥寥无几了吧。

有一年的六七月份——我之所以对这个日子记得这么清楚，那是因为当时我看到了令人难忘的棣棠花。棣棠花叶那种苍翠的深蓝色，真的令人过目难忘，至今还清晰地浮现在我的脑海里。有一天，我脚步匆匆地路过田村先生的店铺，眼前突然一亮——他家的店铺里居然有几册《都羽二重拍子扇》剧本。但是，那天我忙着别的事情，并没有能够在他的店里停留。当我第二天赶来时，店里那位身材高挑的女士笑容可掬地对我说道：

"啊，你是说那几本书吗？刚刚被一位年轻的小姐买走了呀。"

我想，这位女士应该是松鱼先生的后妻吧。可事情既然都这样了，我还能说什么呢？

"是这样啊……"

我的神情若有所失。可她又告诉我说，她经常会在公共澡堂遇到那位买书的小姐，估计住家就在这附近。

又过了几天，大大咧咧的我差不多都把这件事情给忘了。有一天，我偶然在初音町附近的横町听到了一中节中《品川八景》的乐曲声。听那拨子弹琴的声音，与其说十分的平稳，倒不如说略显得有些低沉。真没想到，乐曲的声音就来自我身旁的宅子里。于是，我悄然停下脚步，走近那扇素雅而整洁的格子门。一眼望去，却看到了门里一片青葱似的棣棠。

后来，我每次路过那里，都会特意放慢脚步，悄悄地朝里张望。遗憾的是，自那之后，我就再也没有听到过拨子弹琴的乐曲声。院子里一直都寂然无声。

"是啊，她们家的院子虽说小了点儿，可听说种满了从向岛①的入金②移栽过来的青茫草。今年春天我也买了一点。"

一天，我与来家里打理花木的花匠聊起这件事情。他边说，边用烟袋锅指着面前的鹭兰。说来也巧，他和那家人有来往，知道那家主人的名字叫村上。他说，那家的主人是个美人，大概二十三四岁的样子，听说是吉原一带"引手茶屋"③老板家的女儿，现在正与居住在佐竹附近的一位俳句诗人恋爱。

我虽然经常路过这位村上小姐家门前，却从来都没有见到过她。

夏天过去了。一天，我又路过她家门前。只见她家朝向路边的窗户正好开着。借着这个偶然的机会，总算看到了她家里的样子。要说心跳加快可能有点夸张，但心情确实有些激动。我慢慢地挪着步子，悄悄地往里瞅了一眼。在那微暗的房间里支了一张小床，小床上方挂着一幅丝织的画。

"……紫阳花④儿开……"一晃就过去了，我隐隐约约看到这么几个字，也就是几秒钟的事儿。

"……紫阳花儿开……"虽然没看到后面的句子，却也能确定那就是酒井抱一⑤先生的俳句：

---

① 向岛：位于日本东京都墨田区东岛的都立庭园，自江户时代起就是闻名遐迩的百花园。当时，早春的梅花和秋天的胡枝子花很有名。

② 入金：日本向岛百花园附近的地名。

③ "引手茶屋"：旧时花街柳巷为嫖客和妓院牵线搭桥的场所，类似于现在的中介机构。旧时江户吉原的"引手茶屋"最为发达。

④ 紫阳花：花瓣呈"田"字形，开在梅雨天，随着土壤酸碱度的改变，花的颜色也会变换。

⑤ 酒井抱一（1761—1829）：日本江户时代后期画师、俳句诗人。

"紫阳花儿开，袅袅田田向天涯，出浴美人花。"

如此这般，既听不到屋子里有声响，也看不到屋子里有人迹，当然也就更无法看清屋子深处的情形了。

又一天晚上，我透过苇门，看到了院子里边的旋转灯笼发出昏暗的光亮。看着那淡淡的光影在悠然地转动，我不由得想到，在那灯光之下，应该有一双拿着团扇的纤细而白嫩的小手吧？可是，还是没有见到人影，也听不到任何的声响，宁静而沉郁……

那时，田村的商铺每到这个季节，就会出售烟火图案、雪花图案的浴衣①。可我想，那位村上小姐恐怕不太适合这种流行的款式吧。我觉得，还是那种简单利索的古式花纹图样的浴衣才更适合她。一中节流派的三弦弹奏，最捉弄人的，就是弹琴的节奏永远要比唱腔慢那么几拍，仿佛三弦琴永远都在追唱腔，却又总是追不上。这种韵味，这种难以把握的节拍，恰巧成了它独特的风格。因此，与那些尖利的唱腔相比，它就更加显得沉静而高贵。村上小姐的嗓音也应该是平静而高雅的吧。

就这样，她的身影渐渐地开启了我的思慕，像微微的光照亮了我的灵魂。

不久，秋天就来了。

秋分节祭祀的热闹过后，谷中②一带这两三天尤为寂静。午后

---

① 浴衣：日本的浴衣是和服的一种，是比较简单的夏季便装，人们喜欢在参加夏季花火大会和祭祀活动时穿着。日本浴衣与和服的主要区别在于：和服面料高档，穿法极其复杂，用于出席正式场合；而浴衣大多是棉、麻布料，穿着相对方便，多在夏季游玩时穿。

② 谷中：位于日本东京都台东区，旧时是东京都商业手工业者集中居住的地区之一。

的斜阳覆盖着菊见脆饼店的房顶，全生庵①的鸽子发出沉闷的叫声，从茶屋町那边驶来的罗宇屋②的车轮响声，还有年轻小伙子们肆无忌惮的吐痰声……都把秋的烙印打在人们的心头。我又一次路过村上小姐家的门前，看到她家的门牌不知何时已经换成了别人的姓名。不管是《品川八景》拨子弹琴声，还是《屠龙之技》③中的抱一的俳句，以及那小庭院里生长的青茫草，都急速地从我的生活中向后退去，变成了身后的一块布景……就这样，在恍恍惚惚之间，我既忘却了夏之已逝，亦不知秋之已至。

① 全生庵：日本东京都台东区谷中的寺院名称。
② 罗宇屋：日本江户时代流行抽烟袋。指专门销售、修理和保养烟袋的人员。
③ 《屠龙之技》：日本诗人酒井抱一的俳句集，收录了他 1813 年的诗作。"屠龙"是酒井抱一的俳号。

东京暮色

　　"什锦甜凉粉"这个名字，也许很多人都知道，而真正的什锦甜凉粉是什么样子，可能很多人又要犯疑惑。在我的记忆中，什锦甜凉粉刚开始好像是在百货店里出售的。真不知是谁如此英明，竟会想到这么个好点子，把它陈列在百货店熟食的橱窗里。之后，渐渐地在米粉点心店和咖啡店里也能看到它的踪影了。再往前追溯的话，什锦甜凉粉与那些米粉、什锦烧一样，都是走家串户扛着卖的，并且也不是一年到头都有卖的。若是在街上听到"什锦甜凉粉"的叫卖声，不用说，东京已经进入了炎热的夏季。

　　"哦，都已经开始卖什锦甜凉粉啦！"

　　人们开始谈论这个话题的时候，行道树早已是枝繁叶茂、浓荫冠顶了。接着，热热闹闹的神轿①祭奠就要开始了。

---

①　神轿：日本祭祀时用的供奉着神灵牌位的轿子。

先在玻璃碗里盛上一些豌豆粒，接着放上洋粉、切成薄片的各色年糕、杏干等食品，最后淋上黏稠的黑糖蜜。油光光的黑糖蜜会使豌豆的色泽更加鲜亮。东西一样不少地配齐后，伙计麻利地盖上玻璃盖儿，还要说一句"让您久等了"的贴心话，然后特意把装着食物的玻璃碗送到买家的厨房里。

"那上面的蜜是用糖袋上的蒲草熬出来的，脏死啦！"

老人们总是这样一本正经地对孩子们说着，是怕孩子们与大人争抢什锦甜凉粉吧。但大热天的什锦甜凉粉哪有不吊孩子们胃口的道理？所以，一听到远处传来"什锦甜凉粉儿来喽"的叫卖声，孩子们的舌尖上就会不由自主地冒出浓浓的黑蜜糖味来。到那时，大人们再怎么阻拦也都无济于事了。

我已经记不太清楚新富座剧场上演新剧《涡卷》是哪年的事情了。当时，花柳章太郎①的年龄大概在二十岁左右。在"妓家夏景"那场戏中，花柳扮演可爱的雏妓，把盛在玻璃碗里的什锦甜凉粉端上舞台，吃得津津有味。通常看戏时，演员吃什么我是不会在意的，可不知为什么，唯有那一次，我竟感到无比羡慕。花柳的演技实在太好了，吃得那个香呀，以至于我也被深深地感染了。可笑的是，当时我只顾着看演员吃凉粉了，竟把剧情忘记得一干二净。不过，这样难堪的事情后来再也没有发生过。但是，那天剧场里藤蔓走廊的凉爽，还有花柳吃凉粉那一幕的刺激，至今想起来还记忆犹新。

---

① 花柳章太郎（1894—1965）：原名青山章太郎，日本著名的新派戏剧演员，善于男扮女装。曾任日本艺术院会员，获得过文化功劳勋章，日本国宝级人物。

幕间便当①原本也不是什么上等的食品。表面倒是挺好看，里边的配菜味道也不错。可在我们"山手区"②，幕内便当、什锦甜凉粉这类食物，都被看成是不讲究的食品，所以，只有在看戏和看相扑比赛的时候才会吃。

说实话，对于一个喜欢美食的孩子来说，能够吃上那样的食物简直就像是过节一般。平常不把"幕间便当"当回事的人，不知为何，到了这时也会大声叫好。大人们的这种奇怪心理，哪是我们这些小孩子能够弄得懂？可在那个时代，东京无非就是这样，到处都充满了矛盾。那时的东京，人们会把住在"低洼区"③与"山手区"的人严格区分开。好在这样怪异的意识，现在基本上已经见不到了。

往昔的东京，早已消逝在了遥远的梦中……

---

① 幕间便当：原指在戏剧幕间休息时吃的盒饭，一般内装带芝麻的饭团和简单的菜肴。
② "山手区"：指东京都西侧的高岗区，一般是有身份、有地位的人居住的地方。
③ "低洼区"：指东京东边的低地，是相对于"山手"（高岗）住宅区而言的，包括隅田川、神田川流域。该地区工商业发达，人口稠密。

缘日①

缘日是让东京的孩子们感到兴奋的节日之一。所谓"缘日",即有缘之日,是诸神佛的诞生日或成道显灵之日,寺院里都要举行祭祀仪式。这样的祭祀活动,在寒气袭人的早春,在樱花树叶上毛毛虫刚刚露头的仲春,在女人们闲谈祭祀和服流行图案的夏天,还有风铃声逐渐替代纺织娘、蝈蝈叫声的深秋季节……在每一个都能勾起人们怀想的季节里如期举行。

孩子们长大成人后,会被纷繁的尘世所淹没,渐渐失去了儿时梦想,每每想起这样的场景,就会有一种黯然神伤的感觉。

那些缘日的情趣,那些令人热泪盈眶的终生的记忆,而今都已

---

① 缘日:指与神佛有缘之日,如神佛的诞生、显灵、誓愿等日子。日本人普遍认为,在与神佛相关的神圣日子里参拜寺庙或圣地,会更灵验。因此,在日本,这些日子寺庙和神社经常举行节日庆典。

化作落寞与惆怅。

关东大地震是无奈的天灾，可战争的烈火再次将东京的大部分建筑化成了灰烬，那就是人祸了。无论是在神乐坂的毘沙门[①]，还是寅毘沙[②]，或者是午毘沙[③]，大家都热切地盼望着缘日的到来，想着要顺便去夜店闲逛一番。如今倒好，就连这么一点乐趣都没有了。以前，琴平社等东京有名的神社和寺院都会举办缘日祭祀活动。这么想来，立刻唤醒了味觉之中炒豆子的香味，眼前飘起了新娘图案玩具纸人的彩色霓裳……

在缘日祭祀活动中，最令人难忘的是大遮阳伞。一连排的大遮阳伞支在那里，孩子们在伞盖下面尽情地玩耍。那卷烟形状的花扇，那进一缕光就会变幻出各种美丽图形的万花筒，像天狗鼻子一样可以伸缩自如的纸笛，蓝鬼红鬼的假面具，丑女假面具，嘴巴张合自如的美狐狸面具……孩子们扎着宽腰带四处疯玩，都忘记了回家。再瞧瞧其他的——大阳伞的下面，肉桂茶色的根，只要瞧上一眼，舌尖上就会感到麻酥酥的。橘子水、生姜板，总是有一种诱人的味道。生姜板是一种粗点心，制作方法有点像西洋风味的巧克力。说到西洋风味，马上就会使人想起那些与橘子水、生姜板等一起卖的贴画。孩子们把印着图案的纸放在水里沾湿后贴到手背上，再慢慢地揭下，手上会留下鲜艳的图案。那些图案有点像扑克牌里的女王和骑士，又有些像进口饼干盒子上的花草。在缘日祭祀的破旧遮阳

---

① 毘沙门：也被尊称为"毘沙门天"。佛法守护神，四大天王之一。居住在须弥山的第四层中部的北侧，守护北方世界。
② 寅毘沙：指寅日举行的缘日祭祀活动。
③ 午毘沙：指午日举行的缘日祭祀活动。

伞下，有着各色各样新鲜有趣的玩意儿。

在卖红螺卵囊的遮阳伞前面，通常会给人一种艳光四射的感觉。出生在麹町纪尾街的我，最难忘的就是赤坂一木的缘日祭祀活动。记得有个叫小千的姑娘，平时总来给母亲梳头。缘日那天，她穿着一身别致的和服，显得干净而利落。她静静地站在卖红螺卵囊的遮阳伞前，焕发出姑娘所特有的光彩。

无论是在电石灯[①]的照耀下，还是在煤油灯的光影里，人们都会看到乌龟在清水池子里游泳。有时就连煤油灯都没有，在十分暗淡的光线下，只要能够模糊地看到人们的脸部轮廓，各色各样的艺人就会扯开嗓子，表演那些现在缘日祭祀活动中已经绝迹的类似绕口令一类的节目。还有那些艳歌师[②]，边拉着小提琴，边游荡在街头卖歌本。除此以外，现在消失的还有蜡管留声机和西洋镜。

我出生在东京的贵族社区，生长在市民社区，所以，我对浅草鸟越神社[③]的缘日祭祀活动是永生难忘的。每逢缘日，鸟越神社的院子里准会架起留声机，几根听诊器般的胶皮管子垂在那里，孩子们花三分钱就可以把那管子插到耳朵里欣赏音乐。大家似懂非懂，却都听得很认真，好像很在行似的。

深川八幡祭[④]中最好玩的就是西洋镜。探孔的箱子上有一排可

---

① 电石灯：分为两节，上面一节盛水，下面一节装电石。盛水的上节还有个螺针，控制着滴进下节的水量。这样就生成了可以点灯的乙炔。乙炔从灯头喷出，形成火苗。

② 艳歌师：以前日本在街头边拉小提琴演唱、边卖歌本的街头艺人。

③ 鸟越神社：位于日本东京都台东区鸟越的神社，建于651年。原为用于祭祀日本武尊白鸟神社。

④ 深川八幡祭：日本富冈八幡官的例行祭祀活动，每年8月15日左右举行。与赤坂的日枝神社山王祭、神田明神的神田祭共称"江户三大祭"。

以折叠的牌子，样子有点像羽子板①的贴画。老夫妻二人坐在两旁，边更换图片，边绘声绘色地轮番讲解图片的含义。上演的节目有"金色夜叉""不如归"等，大多是新派的悲剧节目。从探孔里能够看到宽敞的剧场和各种表演的场面，给我留下了深刻的印象。在有关缘日祭祀活动的记忆中，沉淀最深、最令我感伤的，无疑就是那些演出节目了。

现在的缘日祭祀活动办得真是太马虎了。就说卖的那些东西，就连夜店的货都比不上。缘日祭祀的气氛也十分的平淡。我想，如今的孩子们长大以后，这些经历还会成为他们思乡的情结吗？

想到这些，我不由得深感失落。

---

① 羽子板：指长方形的带柄的板。

牛奶馆

我的学生时代是在"下町"①度过的。要是有人问我最值得怀念的是什么？我会毫不犹豫地说："牛奶馆。"

说起牛奶馆，也许现在许多年轻人都不知道是什么了。这里所说的牛奶馆，大概就是类似于现在的咖啡馆一类的场所吧。但它要比现在的咖啡店简朴许多，店堂里几乎就没有什么装饰，招牌也就是"牛奶馆"三个简单的字。哪像现在的咖啡店，连个店名都起得让人云里雾里的。

走进牛奶馆，店堂中间是一张长方形的大桌子。桌子上摆放着带玻璃盖的点心盘子，里面放着蛋糕、面包之类的点心。要是在夏

---

① "下町"：在日本的江户时期（大约 17 世纪），人们将城市地势较低的地区叫做"下町"，一般指日本靠近大海或者河流发展起来的区域，如从前东京的台东区、江东区、墨田区、江户川区、港区、中央区一带。可是，如樱新町、麻布十番等地方也被称作"山手的下町"。这些地区一般人口集中，工商业发达。

季，盘子边上还会放只金鱼缸或是盆栽的石菖蒲之类的植物，作装饰之用；冬天，店主就会把盆栽换成松树或福寿草等。除此之外，便再也没什么稀奇的东西了。牛奶馆里一般会有一个女服务生接待客人，负责把牛奶送到客人的桌子上。牛奶馆的功用可谓名副其实，就是让顾客在这里喝上新鲜牛奶。至于面包、蛋糕等点心，是在喝牛奶的时候吃的，属于大众食品，也是图个方便。顾客来泡牛奶馆，还有一个特殊目的，那就是去读报。早上或晚上，顾客们一边吃着简单的食物，一边埋头读那些家里没有订的报纸。所以，尽管店招牌上没写明，但这里实际上也是一处公众读报场所。有些牛奶馆门前会挂着一块"官报阅览处"的木牌。"官报"与普通报纸不一样，一般人不会每天都去看。可一旦牛奶馆里的其他报纸全都读完了，人们没有什么可看的了，就会自然而然地把官报拿起来看一眼。

我每天去的是位于浅草桥①与柳桥之间那条河岸上的小牛奶馆。这家牛奶馆有一个特点，就是附近开设了许多供船员住宿的旅馆。我是个老"报迷"，读起报来总是喜欢从头看到尾，一字不落。每天读完其他报纸后，自然就轮到官报了。有朋友不以为然，说：官报有什么好看的！可我还是乐此不疲。说来有趣，我喜欢从官报中找一些很少有人关注的法令和公告之类的新闻。闲聊时，我再把它们当作谈资，传递给朋友们。这样不是可以显得我的消息比他们灵通见识广吗？在很长一段时间里，这也算是我的一个小小的乐趣吧。

这家牛奶馆是由母女二人经营的。女儿的名字叫小久美，十九

岁，浅黑色的皮肤，高鼻梁，是个漂亮的女孩。她除了有时会去常磐津歌舞伎艺术团学艺以外，一般都会在店里擦擦桌子、洗洗碗，闲时还会编织一些小玩意儿。小久美做事很麻利，从不含糊。

当小久美去学艺时，就由她的母亲来照管店面。

小久美身材苗条，平常也打扮得很利落，看起来让人感觉很舒服，所以很多年轻小伙子没事就跑到她家店里喝牛奶，平卫门町的一个医生就是她家的常客。这个医生戴一副金丝框眼镜，后面眯缝着一对小眼睛，生就一副小生的模样。可自从遭到小久美的拒绝后，就再也看不到他人影了。当然，我也曾对小久美抱有过好感。虽说心里有这个想法，可没那个胆子去表白，也不敢使什么小聪明。现在想起来，小久美倒好像曾经对我表示过那么一点好感。有一次，她突然给我织了一双袜子。又有一次，在店里没有其他客人的时候，她腼腆地对我说："其实，我是喜欢庆应的学生的。"可没出息的我，听到这话脸就红了，心也慌了，什么都说不出来了。

两年后，小久美嫁给了裱糊匠的儿子。婚事一议定，小久美的母亲就乐呵呵地告诉我，对方是个有志向的青年，而且与自家女儿的性格也很相投。

后来发生了关东大地震。牛奶馆就不用说了，连小久美的婆家都被烧没了。不但房子没有了，连小久美都不见了。我通过打听得知，当时小久美逃到了两国桥①。再后来就没有她的消息了。

其实，最初吸引我去读官报的正是小久美。我之前也一直以为

---

① 两国桥：架设在日本隅田川上的桥梁，建于江户时代。神田川与隅田川这两条河流在桥的附近汇合。

读官报没有什么意思，始终没多大兴趣。因为牛奶馆里有小久美，我读官报也有了兴趣。我也不记得当时小久美给我织的那双袜子到哪里去了。但这件事情始终忘不了。事过三十多年，小久美虽然不见了，可她那充满活力的笑容在我的心底里扎下了根。

露天店的兴衰

现在再也找不到露天店了，这是一件多么让人感到寂寞的事情。

在过去的城市生活中，露天店曾经给过人们多少热闹。如今见不着了，心里真的就像缺了点什么，那种空落落的感觉令人特别的发虚。我有时会想：能找到什么法子再回到从前吗？

我想，以后如果有什么不尽如人意的事情，设法改进才好，而不应该像当年的露天店那样，就因为外国人不讲卫生，硬是给取缔了。这种做法既冷酷，又显得城市管理缺少耐心与低水平。

是的，露天店就像路上的杂草一样，蓬勃生长在朽木一般的古老的城市里，也生长在贫穷给人们带来的无奈中。露天店虽然不上档次，但它能够讨得人们的欢喜。越是在大都市里，露天店就越是会显出它的低档次与滑稽的面孔，吸引市民们的好奇心。

出售昆虫的摊位上肯定是贴满了市松格子纸①，摊位上摆满了金钟儿、金琵琶、纺织娘等各种昆虫的笼子。秋日里，虫子们似乎也能听到人们热烈的喧闹声。盆栽店铺的大爷不停地吮吸着黄铜烟管，油烟的气味四处弥漫。大爷的说话声有些含混不清，叽里咕噜的。遇见偶尔在他摊位旁留步的客人，便会嘟囔一番："这个朴树的树龄已经十年啦，那个榉树也已经有二十年的树龄了。"这些话听上去难免让人感到有些夸张。卖魔术谜底的小伙子，在红桌布上放了一些簪子、小碗以及古色古香的老碗。他用扇子从旁边扇一下，那些簪子就会舞动起来，小碗儿也会翻来翻去，而那只古玩似的老碗里面，还会蹦出纸板裁剪成的小鬼来。旧货店旁边有一个摊位在卖印着鬼怪图案的袜子，印章铺子附近有个人在卖塑料玩具，而奶糖和巧克力的店铺则是与杂货铺子混合在一起的……各种摊位就像杂草一样丛生着，就像海草一般摇摆不定。在那市井之中，有它特殊的诗情画意，它的存在也似乎给人们的心灵带来了一些安慰。

　　露天店里卖的东西，大部分买回家以后都没什么用处。人们也知道那里的东西质量不会好到哪里去。可每次看到生意人有模有样地叫卖那些小玩意儿的时候，心里就会痒痒的，莫名其妙地就掏了钱。虽说也会后悔，但转念一想，自己也没有花几个钱，便也就释然了……如此这般，可以说是露天店的魅力所在吧。

　　露天店的魅力源自城市的古老。就像北京的天桥、隆福寺、护国寺、花儿市一样，露天店不能算卫生。可不知为何，在这种杂乱

---

① 市松格子纸：日本一种纸张的式样，用两种颜色反差鲜明的方块交替排列而构生出图案。

无章的街头漫步，反而会使人感到一种乐趣。如今，露天店已经不见了，古老的生活方式和市井中流传的诗意也就随之消失了。听说，塞纳河畔至今还留下了不少老书店。我们虽然不能像阿纳托尔·法朗士①的祖国那样，保留下丰富的古老风景，可也应该多多少少留下几家露天老店吧。现在就连一家都找不着了，不免给人一种寂寞与凄凉的感觉。

---

① 阿纳托尔·法朗士（1844—1924）：本名蒂波·法朗索瓦，法国作家、文学评论家、社会活动家，生于巴黎一书商家庭。"法朗士"是他父亲法朗索瓦的缩写，又因他爱祖国法兰西，故以祖国的名字作为自己的笔名。

冬夜的回忆

　　我曾经与木村庄八[1]先生在广播电台做过一个"东京岁末今昔谈"的访谈节目。说着说着，忽然想起了与这个节目内容无关的、发生在某个冬夜的东京的往事。那是明治末期，一个霜气凝重、寒气逼人的夜晚，"山之手"的高档社区周围万籁俱寂，街上的煤气灯闪着青白色的光，照耀着夜间的高档社区。要是用戏剧里的场景做比喻的话，就像夜晚寂静空气中的按摩笛[2]声与狗的狂吠声一样，使人感到特别的凄凉。当时东京"山之手"一带冬夜的景象，给人留下的也是这样的感觉。现在的东京人，习惯于将国铁电车线路称作"山手线"，而不是"山之手线"。可是，这样一来，就惹得明治

---

① 木村庄八（1893—1958）：西洋派画家。除画作外，他还有随笔集《东京繁昌记》等遗世之作。
② 按摩笛：旧时盲人按摩师用吹笛的方式，在夜晚走街串巷，以吸引、招徕顾客。

年间出生的东京人火冒三丈，严厉谴责："'国铁'真是太不像话了，居然把东京的地名一改再改！"说来也是，就说演堀部安兵卫①的那场戏吧，戏里面提到的"高田马场"，就与现在国铁站名的"高田马场"读音不一样，国铁不知为什么在发音上加了一个浊音。还有"秋叶原"这个地名也是，原本是"秋叶之原"，现在变成"秋叶原"了。这与现在"山手线"电车线路名称不是如出一辙吗？

可我却觉得这样的变化是大势所趋，如此愤怒实在是大可不必。那些高档社区以前冬天夜里用来照明的煤气灯，现在不也早被电灯代替了嘛。再说，以前每到夜晚就会上演按摩笛声与狗的狂叫声的老戏，现在您就是花钱，也没地方去听了。就更不用说那些专有名词了。这样的趋势是能够逆转的吗？

在与木村先生聊天时，我想起了那个冬夜情景，也算是我对当时东京高档社区的一个记忆吧。我出生并成长在东京"山之手"街区。那时，我家的对面是一栋皇族官号的院落，院子的围墙很长。平日里周围都是静悄悄的，夜里就更加寂静了，甚至连个脚步声都听不着。晚饭后，暮色刚刚降临，可四周已是静寂无声，恰似河竹默阿弥②剧中的深夜风景。我还记得，在这样寂静的氛围里，突然从远方传来马车的声响。那"哒哒"的马蹄声，还有"吱吱嘎嘎"的马车轱辘声，带着清脆的节律，真是令人百听不厌啊。

---

① 堀部安兵卫（1670—1703）：原名堀部武庸，江户时代前期的武士，日本赤穗浪人四十七勇士之一，在高田马场的决斗中闻名于世。

② 河竹默阿弥（1816—1893）：明治初期最著名的歌舞伎剧本作家。幼年流浪街坊，在租书店当小伙计，读了许多野史杂书，并经常出入戏院后台。后为第五代鹤屋南北收留，协助编辑剧本。1847年前后开始写一些受观众欢迎的歌舞伎和杂剧剧本。

那时，在"上之手"的住宅区，时常能听到马车声。我还是个孩子，对马车的声音特别感兴趣。冬天的夜晚，每每听到这种声音，就会陡然增长起百倍的精神，侧耳倾听，想辨别马车的去向——它到底是在往远处赶路呢，还是进了对面的大宅院？当马车进入大宅时，车辘辘便会发出响亮的振动声。那是因为大宅子的门前铺着一块宽大的石板，马车越过这块石板时，就会发出很响的声音。过了一会儿，马车停稳后，马夫就会十分响亮地喊一声："还御[①]！"在寂静的冬夜里，这一声"还御"，就像有催眠作用似的，我即刻就会沉入睡梦之中。现在我住在东京的一个喧闹的角落里，在无眠的冬夜，是多么想听一听几十年前曾经无数次听过的车夫的这一嗓子啊。可这一切都只能是我的一个梦想了。或许在梦中，我还能回到那静雅而又值得怀想的东京。

---

① 还御：原是日本天皇、上皇等贵人外出回到寓所时专用的词语，后来逐步扩展到一些达官贵人也可以使用。

市兵卫町^①的故事

十五六年前，我住在麻布的市兵卫町，俗称"丹波谷坡"^②。我家就在这个陡坡的中间地带。住到这里后我才知道，麻布这个地方不管到哪里去都要上坡下坡。刚开始的时候感觉很不方便，可转念一想，这里有那么丰富的老东京风味的美食，便也就断了离开的念头。

永井荷风的宅邸"偏奇馆"就位于麻布一丁目的六番地^③。若想步行去他的偏奇馆，首先得通过"柳之段"的石台阶，然后再经过谷町山谷底部的那段路。在山谷对面的悬崖上有一小块平地，永井荷风的偏奇馆就建在悬崖上。而山形宾馆就在"柳之段"的顶端，

---

① 市兵卫町：东京麻布一带的街道名称，位于麻布最北边的高地上。现在大部分属于东京都港区六本木。

② "丹波谷坡"：位于日本东京都港区六本木三丁目，长度大约 100 米。陡坡的高低落差为 12 米，平均斜度为 7 度。

③ 麻布一丁目的六番地：日本的门牌号码，大致相当于麻布街道 1—6 号的意思。

所以，若是从山形宾馆的大厅望出去，对面恰好就是偏奇馆。

从荷风的作品中可以得知，他去下町时，一般都会从偏奇馆的后面走。往下走不远就是道源寺坂①。穿过人声嘈杂的谷町的小巷，前面就是电车道了。走这条路可谓趣味无穷。在坡上有一座叫"道源寺"的寺院，四周长着好几棵参天的柞树和榉树。每当路过这里，清幽静谧，会让人误以为自己并不是身处东京这座繁华的城市。麻布一带有很多寺庙，而且这些寺庙里都种着梧桐树。夏季来临时，梧桐树上挂满了淡紫色的花穗。人们可以从各处寺庙的围墙顶上看到这些梧桐树，闻到空气中散发出的梧桐花穗的清香味，这是真正的夏天的味道。

丹波谷也是中村正直②先生的出生地。想到自己搬到这里来住也是与中村先生有缘，就很想知道中村先生老家的具体地址。所以，好几次向住在附近的老居民们打探，可并没有人知道。后来，又听说诗人川崎麻溪先生也曾经住过丹波谷，而且恰好是敬宇先生家的邻居。我想，我只要能够找到麻溪先生的故居，也就应该能够知道敬宇先生的旧居了。虽然找到了一些线索，但最后也还是没有能够如愿。

之后不久，我得知川崎麻溪先生的诗友小野湖山先生曾经在川崎先生家寄宿过。便想从小野先生的作品中寻找线索，但最终依然

① 道源寺坂：日本东京都港区六本木一丁目三番地与一丁目四番地交界处的坡道。江户时代初期，坡上因建有"道源寺"而得名。

② 中村正直（1832—1891）：别名敬宇，人称"敬太郎"，日本明治时代的启蒙思想家、教育家，文学博士，私塾同人社的创立者。历任东京女子师范学校摄理、东京大学文学部教授。

没有答案。我又来到当地的居民办事处，找到一位做文书工作的老人。据说，这位老人在这里已经住了许多年，熟知当地的情况。我想，通过他或许能够了解到一些情况。可老人说，自己已经不记得明治十八年（1885 年）以前的事情了。这样一来，我几乎就绝望了。

从市兵卫町的二丁目出发，走过丹波谷的斜坡，就可以到达今井町。这是一条直达的坡道，途中大概要经过四五十户住房，范围也不算大。我虽然没有能够找到中村敬宇先生的旧居，但也弄清了大概的位置。我暗自思量，这也就足够了。这个好奇心都是由于我偶然住到丹波谷引起的。一天，我跟朋友提起这件事，他笑着对我说："既然怎么都找不到，你就把自己的居住地当成他的出生地不就得了？"原来如此，这想法也不错啊！

大概在昭和十三年（1938 年）的晚秋时节，我从麻布搬到了现在住的东京郊外。后来，市兵卫町的丹波谷一带的房屋被战火焚烧殆尽。同时，东京所有的大树也被烧毁。麻布本来就是个树林茂密的地方，一旦没有了树木，自然也就变成了一片旷野。

麻布是一块古老的土地。由于周围坐落着许多外国使馆和公使馆，所以总是给人一种西洋的味道。随便走进一家旧书店，门前都会堆满外国人留下的侦探小说之类的书籍。当然，现在这样的旧书铺子也很难见到了。现在也有许多外国人居住在麻布一带，但他们与当初的那些外国人不太一样。虽说外国使馆和公使馆依然很多，可那时并不像现在一样到处都是美国兵。如今的麻布，放眼望去，差不多全是美军的兵营，尤其是六本木那边，更是美国大兵如云。

荷风作品《日和下驮》中写到的台阶坡道雁木坡[①]，在饭仓[②]街的十字路口附近，依然保持着原有的模样。以前，我经常会领着孩子们在这段坡道上走上走下。孩子们虽然跟着我一起走，可想必他们对我为什么总喜欢在这段坡道上走上走下感到十分费解。现在孩子们已经长大成人，也都已经离开了家。

每当我回想起曾经被浓荫覆盖的麻布，想起那些日日夜夜，眼眶总是禁不住会被泪水润湿。这是因为我居住在丹波谷期间，妻子离我而去了。这样说来，眼前的这一片被大火焚毁的苍茫景象，对我来说也算是一种宽慰吧。

---

① 雁木坡：位于日本东京都港区麻布台。这个坡的台阶由于是用圆木修建的，所以称之为雁木坡。

② 饭仓：日本东京都港区麻布地区东部的历史地名，现在主要指旧饭仓街、饭仓片街。饭仓街的具体区域大致是在东麻布一至三丁目、麻布台地一至二丁目；饭仓片街的具体位置在麻布台地的三丁目、六本木五丁目的东北角一带。

曝书

秋天的晴日里，天空明朗。在秋阳的映照下，所有的景物都是那么清晰可爱。正午时分，宁静的庭院里悄悄传来虫子的低吟声。每天都忙忙碌碌的我，这时才会把心慢慢地静下来。几天前，我就开始从书架上往下卸书了。每年的这个时节，我都要把书架上的书拿出来透透气，这就是所谓的"曝书"。虽说是曝书，但也绝不是把书直接放在太阳底下去曝晒，而是将书满地铺开，借助秋风吹掉一些水汽。最近几年，我都很享受这个一年一度的曝书季节。曝书，要是只用一天的时间是难以完成的，我一般得用五天到一周的时间。先是把旧书从书架上倒腾下来，然后搬到院子的走廊上。一批晒好后，再换上另外一批。我就坐在书堆当中，随手拿起一本书翻着，一坐就是一两个小时。这就是"曝书"给我带来的最大乐趣。

书籍当中，最需要借助秋风除湿的，就是那些中国和日本的古书。当然，那些洋装书也需要搬出来晒一晒，顺便也可以打扫一下书架上的卫生。就这样，我一边整理一边翻看书籍，真可谓其乐融融。

我就这么环视着自己的藏书。在新近出版的书籍当中，有许多都是朋友们赠送的，这些书非常难得。我在得到朋友们馈赠的新书时，心里别提有多高兴了。整理书架的时候，也会偶然发现一些近年来故去的作家。每当此时，我的内心都会充满着悲伤。

我从年轻的时候起，就有个四处流浪的毛病。一旦出门，就会随意地走来走去，有时一走就走得很远。老婆十分讨厌我的这个毛病。细细想来，我也不是个贪酒之人，除了喜欢到处逛书店之外，几乎也没有什么地方可以消遣，自然也不是什么丢人的事情。尽管如此，还是不能得到老婆的认可。对她来说，酒家也好，书店也罢，只要一去许久不回来，连个人影都见不着，她就会感到很闹心。不过，话又说回来，我自己觉得，泡在酒家喝得烂醉与猫在书店里看书，这两件事是有着本质上的差别的。

我是从初中时代开始逛书店的。东京的神田一带很早就有许多古旧书店。我中学的位置在淡绿町，所以，一放学就习惯去神保町逛书店。神保町的一条路是在神田大火灾后被拓宽过的，关东大地震之后又被拓宽了一次。最初的坡道很狭窄，九段坡的斜坡也很陡，电车也得特意绕过那段坡道。与现在的路况相比，真可谓有云泥之别。我还记得我那时正好上初中一年级。发生神田大火灾的第二天，早上一上学，老师就跟我们说附近的学校被大火烧了，所以决定今天休讲。我们这帮淘气的学生，一听说到不上课了，乐得差点蹦起来，遭到了老师严厉的批评。

在神田的俎桥附近有一家名叫"松云堂"的书店。可以说，这是一家培养了我阅读兴趣的书店。上初中的时候，我第一次在那里买到了《史记评林》①。都过去快四十年了，那本书依然陪伴着我。

松云堂店主野田文之助曾在小川町那边的松山堂做过事。那时候很多书店的店名里都有"松"字，据说大部分都是松山堂书店的分号。现在不怎么见到开设分号这样的做法了，所以，松云堂也算是一家保留着传统老字号的书店吧。野田老人对汉书颇有研究。我想，他在这方面的造诣，恐怕还真没有哪家古书店的老板能够与他相提并论的。

野田老人一直以来都有一个梦想，那就是能够读懂中国的小说，看懂中国的戏剧。但要想达到那个程度，得花多少精力和时间？不过，他一直都在努力学习掌握汉文的读法。另外，他还特别喜欢把自己收藏的一些珍稀版本誊写出来，送给学者们。有时，他也会开玩笑说："如今什么都涨价，就连这种陶醉于古籍的兴致都淡了。"看得出来，他是一位十分有趣的老人。

在汉籍方面，他尤其擅长的是日本的汉文学作品，对于某些日本作家、诗人及儒学研究者的著作，可谓熟烂于心。就这一点而言，除了野田老人以外，在别的书店再也找不出这样的爱好者了。

与野田老人相比，近邻的山本书店的店主就显得更加现代一些。虽然书店里陈列的大多是古书，但经营方式非常现代。我与山本书店的前一代店主也有过交往，他也是一位书籍知识广博的店主。现在的店主敬太郎继承家业，接受了老一辈的熏陶，书籍知识也并不浅薄。山本一家最擅长的要数中国的原典书籍，经常会展出

---

① 《史记评林》：明代万历年间由凌稚隆校刻，是明人《史记》评林本中的上乘之作，在《史记》版本史上有着重要的地位，是研究《史记》的必读书。

一些精美的明版与清刻。商品虽好，但价格昂贵。研究中国的学者大部分都来过这里。就在前几天，我去这家书店时，还偶遇了长泽规矩也[①]。长泽拎着一个大包，说自己刚从古书展回来。因为正好是中午，大家就说好一起去吃鳗鱼。山本店主招待我们去了小川町附近的一家鳗鱼店。吃完鳗鱼，大家好像又打起精神来了。两个人都说没有看过脱衣舞，我就带他们去看。后来又到几家居酒屋去喝酒，一直喝到夜深人静，我们晃晃悠悠地闲逛到了涩谷的一家商场里。这时，我们三个喝得兴奋至极的人，走着走着就走进了这家商场里的酒馆里。在那家酒馆里，我们看到了一位面容沧桑的中年妇女。

过去在北京，有家日本人开的旅馆"一声馆"，很多在北京留学的日本人都去那里住过。我虽然没住过，但一旦有留学生过来，我一定会装出一副很老到的样子，带着他们去那里。当时，大家都把那家旅馆老板的女儿称作"北京小町"[②]。不少留学生小伙子还对那姑娘怀着爱意。二十年过去了，想必那位"北京小町"也一定经历了许多的人生波折。没想到的是，在涩谷的小酒馆里，给客人倒酒的女人居然就是当年的那位"北京小町"。我们三人虽然酒后都非常兴奋，可由于她的出现，心灵深处难免有些伤感。夜里12点多钟，我们就各自回家了。

原本是想专门说说书店的事情的，谁知说着说着就跑题了。原来，我除了逛书店以外，还有不少其他色彩的故事呢。所以，老婆

---

① 长泽规矩也（1902—1980）：中国文学研究学者、书志学者。
② "北京小町"：即是"北京美人"的意思。"小町"，意为美人。说到"小町"，日本人就会联想起平安时代的歌人"小野小町"，她是公认的古代绝色美女。

总是唠叨，怪我老是到处乱跑，也不是没有道理的。但不管怎么说，彷徨在街巷之间，对于我来说，确实是一件无比快乐的事情。不用说，我去得最多的，还是书店。当然，我也不得不承认，我去逛书店，也未必都是去看书。

中学时代，我住在浅草的左卫门町。考取庆应大学之后，就搬到了谷中的笠森稻荷附近。当时，我每天都会去书店，其中一家就是御徒弟町的吉田书店，书店就在青石横町的斜对面。书店老板叫吉田吉五郎，他的朋友们都说他博学多才，他最喜欢的是江户文学作品中的俳句书籍。当然，他各类书籍的知识都很丰富。只要进入他的书店，不知不觉中就会受到书籍的熏染。但是，这位老人不怎么擅长与别人交流。所以，每次只听见他一个人不停地说，而且还越说越来劲。

与吉田老人相比，他的儿子久尔倒是很会与人沟通。虽说他的书籍知识远不如父亲，可因为在父亲身边长大，潜移默化地受到了影响；虽然年纪轻轻，却也是见多识广。我年龄与他儿子相近，自然感觉与久尔沟通起来更加方便。这家书店有不少知名人士光临过，其中就有已经去世的三田村鸢鱼①先生，给我留下了深刻的印象。鸢鱼先生是我在庆应大学的老师内田远湖先生的好友。另外还有三村竹清②、林若树③等人。冈鬼太郎④也经常来这里。我第一次见到

① 三田村鸢鱼（1870—1952）：原名万次郎，后改名为玄龙。日本江户文化、风俗方面的专家，学术成就斐然，人称"江户学鼻祖"。
② 三村竹清（1876—1953）：原名清三郎，日本的书志学者。
③ 林若树（1875—1938）：日本明治时代至昭和时代初期的收藏家。
④ 冈鬼太郎（1872—1943）：歌舞伎作家、剧评家、著述家。

芥川龙之介①也是在这家书店。芥川先生随意路过这家书店，问店主有没有《水经注》，不巧没有这本书。所以，他只在书店里待了一会儿，随手翻翻别的书，最后什么也没买就走了。具体时间我忘记了，好像是在天冷的时候，或者就是还没开春的时候。那天，芥川先生正好穿了一身冬季的斗篷大衣，总之，身上的衣服好像很单薄。他横穿过电车道，向着青石横丁的方向走了。

说起下谷，最令我难以忘怀的，就是御成道的文行堂②了。据说，文行堂是幸田露伴先生自年轻的时候起就喜爱的一家书店。这里的店主对江户时代的文人墨迹，尤其是大田蜀山人③颇有研究。我好几次在文行堂听主人谈到关于蜀山人的故事。至今，我之所以对蜀山人还有一种难以忘怀的情感，就是那段时间在文和堂被熏陶出来的。

要是我没记错的话，上野仲町的那条街，应该是全东京最洁净的一条街。"村田烟管"和"住吉烟管"这两家烟管店，就门对门地开在那条街上。现在没有人做烟管生意了，就再也找不到那对"组合"了。这条街上有许多老店，如卖鸡肉的"三善"、卖"守田宝丹"的店铺（这些卖丹药的店铺一直存在到现在，主要售卖"立效丸"和"宝丹"等）、卖绳线的店铺，等等。现在，虽说店铺的门脸有了一些变化，可它们依旧在老地方，做着老生意。这还是让我感到很欣慰的。这条路上还有一家名叫"琳琅阁"的古旧书店。因为

---

① 芥川龙之介（1892—1927）：日本小说家。
② 文行堂：日本东京的一家书店，位于东京都东台区上野，主要经营和本古典书籍。
③ 大田蜀山人（1749—1823）：名覃，字子耜，人称"直次郎"，别号南亩、四方赤良、南极老人、杏花园等，日本江户后期的狂歌师、剧作家。

是古旧的建筑物，从门外就能看到里边土墙仓房的入口。房间的空间很小，所以，在大门口搭了个台阶（客人用来脱鞋的地方）。客人要是想看屋里书架上的书，还要进到里面的榻榻米房间。其实，在地震灾害前，浅草广小路的浅仓屋也是同样的结构。像今天这种不脱鞋就能进店看书的书店，过去是没有的，就算是卖洋书的书店也一样。以前，在"九段下"①的那家"坚木屋"书店，顾客可以坐在台阶前的椅子上，让伙计帮忙取来想看的书籍。这对客人来说虽说有点不太方便，可伙计的眼神里充满着对客人的恭谦之意。哪像现在，把客人当作小偷似的来回监视着。

那时候，仲町街上的琳琅阁真是让我无比怀念。两本中国古代小说《粉妆楼全传》《醉菩提全传》，就是在那里买到的。虽然都是大路货的版本，可每当看到这两本书时，我立刻就会想起那家书店门面的样子，想起那条街，以及街上并排着的小店铺。当然，琳琅阁也好，文行堂也罢，都是属于当时东京大名鼎鼎的书店。可一些淹没在市井之中的无名的古旧书店，也是令我忘不了的。例如，新宿站西口，原来是"烟店一条街"，现在已经变成了广场。那里原来就有一家很狭小的古旧杂书店，小到连店名都没有。店主冬天总是穿着一件厚厚的棉袄，双手喜欢抄在袖筒里，看起来确实有些不太讲究。不知他是在待客呢，还是在向客人摆威风？否则，怎么会总是慵懒地把双手抄在袖口里不肯拿出来呢？这种书店虽然没什么好书，但在蒙着烟尘的杂书堆里，有时也会翻出一两本令人大吃一惊的书籍来，而且价格还便宜得让人难以置信。我一直很珍惜保存的

---

① "九段下"：指日本皇居、武道馆、靖国神社以及众多大学聚集的"学问街"。

那本森槐南的拓本《牡丹亭还魂记》①，就是从那最不起眼的杂书堆里淘来的。后来那些烟店不见了，那块地变成了车站前的广场，那家无名的古旧书店也踪影全无，那位总喜欢将双手抄在袖筒里的店主人亦不知所终。

一个秋日的正午时分，听到院子里昆虫的低吟声，立刻将我的心带进了沉静的世界，且将我送回了往昔的回忆之中。在把那些古书放在清爽的秋风里让它们喘气的同时，我也仿佛看到了自己在东京的一个个角落里寻觅的身影，想起了我年轻时代的生活……

---

① 《牡丹亭还魂记》：简称《牡丹亭》，也称《还魂梦》或《牡丹亭梦》，明代剧作家汤显祖创作的传奇剧本，刊行于明万历四十五年（1617年）。

梦中的老胶片

听到"小町童"这个称呼，或许如今在东京长大的孩子们会感到陌生。这是一个对孩子们的称呼，但并不专指下町区的孩子们。只要是住在商家住宅区①的孩子们，就都被称之为"小町童"。明治末期，社会上残留着封建社会的风气。居住在山手区的"小町童"们与那些居住在商家住宅区的孩子们相比，显得更加轻松愉快，而且充满着一种自由的气息。通常商家住宅区的家长们在训诫孩子时，都会这样说："'小町童'们说话没教养，千万不能跟那些'小町童'学。"尽管如此，商家住宅区的孩子们还是会被"小町童"们多姿多彩的生活与自由吸引。因为无论家长们怎样灌输，在学校里孩子们总是要互相接触的。每天一起学习一起玩耍，商家住宅区的孩子们能亲身感受到"小町童"们的情感以及各种喜好。这样一来，也就

---

① 商家住宅区：指店铺与住宅合二为一的住宅模式。

难免受到"小町童"们的影响。

那时，有一类糕点铺子叫"一厘点心铺"。读者可能没有听说过。其实，类似这样的店铺现在也有，就是我们熟悉的"粗点心店"——商品价格十分便宜。人们在一厘点心铺里可以买到很便宜的糕点，喝到橘子水，尝尝肉桂之类的食品。而对孩子们来说，这里简直就像是一所社交俱乐部。孩子们利用聚在一起的机会聊聊天，玩玩贝陀螺，打发打发时间。而且在这里玩耍的孩子们是不分什么家庭背景的。也可以说，只有在这里，孩子们才可以敞开心怀地自由交往。

明治末期，一厘点心铺里有一种非常受欢迎的商品，那就是老电影的胶片。店家在小纸袋里装上四五张胶片，每袋大概卖两个钱。孩子们把这种胶片买回家，在太阳光下观看。袋子里有时还会装一些孩子已经在电影院看过的胶片。每当买到这样的胶片时，孩子们就会格外激动。商家住宅区的孩子们与"小町童"们互相交换胶片，关系十分融洽。只要涉及这方面的话题，大家就会聊得特别开心。说着说着，有时甚至都会喷出唾沫星子来。

这些胶片大部分都是由横田商会制作的，叫"大时代胶片"。胶片里有时还会掺杂一些西洋片子，大家感到很新鲜。其中最让我印象深刻的就是"千面怪盗方特马"，我尤其喜欢看穿着黑色衣服的方特马迎风挺立的样子。所以，这种姿态的胶片也非常有人气。虽然有人曾经要用十到十五张其他胶片与我交换，我都没有答应。后来，我就把这张胶片珍藏了起来。

那时，市场上没有像杂志、明星照之类的东西出售。一厘点心铺的旧胶片，表达了孩子们对电影的一种想象。到了大正时代，各种杂志、明星照普及开来，可旧胶片还是以它独有的魅力，不断地吸引着孩子们的好奇心。

观看旧胶片的时候，孩子们能够寻找到与看电影同样的快感。当时，已经读初中的我，还会收集一些国外明星的旧胶片。如格蕾丝·康纳德、弗朗西斯·福特、默特尔·冈萨雷斯、皮纳·梅尼切利、玛丽·麦克拉伦等。这些明星的胶片会满足我们的自豪感，也成为我们的乐趣。

我从来没有特意统计过从明治末期到现在究竟有多少风俗习惯被保存了下来。虽然时代在急速地变化，可让我惊讶的是，孩子们对旧胶片的热爱延续下来了。

东京"小町童"们当年的心爱之物，后来演变成了全日本孩子的所爱，并且保持了半个世纪之久。我想，这种风俗还应该继续下去。

浅草杂记

我第一次去浅草，应该是在明治的三十六年（1903年）。那时我年龄太小，不可能是一个人去的，但也记不清到底是谁领我去的了。

那次去浅草，大概是在三四岁的时候吧。我的记忆里也只剩下一些零零碎碎的片段了。例如，那些趴在三合土①地面上，被铁丝网罩得严严实实的海狗；在空荡荡的房子里，瞪着一双金银眼②的白猫；高高房梁顶端悬挂的，一具很大的鲸鱼骨架标本；还有踏球戏③、木偶戏、山雀的表演……

我猜想，海狗肯定是在水族馆看到的，金银眼的白猫和鲸鱼的

---

① 三合土：一种建筑材料，由石灰、黏土和细砂所组成。经分层夯实，具有一定强度和耐水性，多用于建筑物的基础或路面垫层。
② 金银眼：两只眼睛颜色不一样的猫，一只眼为白色，一只眼为黄色，故称。
③ 踏球戏：日本古代杂技戏名。表演者踩蹬彩画大木球来回走动，与今杂技节目"踩大球"相似。

骨架标本应该在珍世界①才有，踏球戏是在江川的剧场上演的，而木偶戏与山雀表演则应该是在花屋敷②吧。这些都是我长大以后才想起来的，也有可能不是同一天的事情。我那时还没有上小学。已过世的母亲曾跟我说过，去水族馆是四岁的时候。要是她没记错的话，"珍世界"和"花屋敷"也一定就是在那个时候去的了。

去凌云阁③玩，应该是再大一点的时候的事情了。那时我大概已经上小学了。还记得那里挂着很多东京游览胜地的图片，还有艺妓们的彩妆照，最顶层还有一架望远镜。这些内容也可能是我后来无意识地添加到自己的记忆中去的，所以也没办法确定。唯一记得清楚的，就是那时已经是明治四十年后了。

浅草的娱乐活动最大的特点就是它始终没有变化。客人们都非常有耐心，虽然每次看到的都是同样的东西，但好像丝毫也没有腻歪的感觉。除了浅草以外，上野的凌云阁也一样。人们对此不会有一句怨言，而且每次都会乖乖地花钱去游览。这也足以说明那时人们的心态是安详的，是从容不迫的。后来，改变人们这种心态的是电影。当然，那时候还不能称作电影，只能说是活动影戏④。活动影戏的内容每个星期都会更新。这样一来，人们就开始意识到其他的娱乐有点平淡无聊了。其实，在最初的时候，活动影戏也不是每

---

① 珍世界：东京明治年间建设的用于展览珍稀动植物标本的展馆。
② 花屋敷：日本东京都台东区浅草一带游览场所，也是日本最古老的游览场所。
③ 凌云阁：日本明治至大正年间所建的十二层塔状西式建筑，人们也称之为"浅草十二楼"。
④ 活动影戏：日本明治、大正期间对电影的称呼。开始使用"电影"这个名称，大致是在大正年间后期。

个星期都更新的。譬如，他们会向大家宣布举办三天的影戏活动，可这活动一开始就会持续很久。我第一次看活动影戏不是在浅草，而是在神田的"锦辉馆"。那时上演的都是法国片子，其中的搞笑片要数《三个臭皮匠》最受人们的欢迎。

浅草的电器展览馆有时会展出一些电器产品，譬如 X 射线机、电磁设备，也包括活动影戏。因为放映的银幕太小，观众就像是在看一场现场实验似的。除了活动影戏受到大家的欢迎以外，还有一种"水缸游戏"：在水缸里放五十钱银币，看板上写着"请把手放进水里捞出银币"等字样。这种骗小孩子的玩意居然也很受欢迎。原理其实很简单，水缸里有弱电流，要是将一只手伸进水缸里捞银币，再用另一只手扶着水缸边沿，两只手都会被微电流击中，缸里的银币肯定是捞不出来的。这要是现在的话，肯定有人很快就想出对策，把银币捞出来了。可当时并没有人这样做，人们被电过一次，就乖乖地认输了。失败之后还都会露出满足的笑容。那真是个充满着人情味道的时代啊。

到了大正时代，活动影戏依然是大众的主流娱乐项目。同时，还出现了一种应用活动影戏的小游戏：把观众席设计成列车座位的模样，很狭窄，出发的笛声一响，观众座席就会摇动起来，屏幕上开始出现野外景色流动的影像，偶尔也会出现近畿地区以及九州地区的风光。这样，观众坐在在影院里，就能体验到模拟的铁路火车旅行了。银幕上放映的时间大概十分钟。我特别热衷于这个游戏。其实，现在也可以做类似的游戏。例如，屏幕上放映列车窗外的风景，现场卖些面包饮料什么的，肯定会受到孩子们的喜爱。若能让这样的游戏复活的话，将是一件多么让人开心的事情啊。久保田万太郎①先生曾经谈到浅草的娱乐项目，其中也提到加藤鬼月的剑术。这些虽说都是很古老的游戏，但万太郎先生讲得很详细，很生动。哪像我，什么都不记得了。也许这与年龄有关吧，我对浅草的记忆是从大正年代开始的。我在"山手区"出生，在山手区长大，直到上初中后才搬到了左卫门街。卫门街虽然距离浅草桥很近，可离浅草公园②就远多了。但要是从鸟越③绕道三筋町④那条路，走得快一点的话，大约用十五到二十分钟就能到田原町了。晚饭后去公园散步，正好赶上公园门票优惠的那个点。

当时，在鸟越、向柳原和佐竹一带均有补习班，也就是人们所熟悉的私塾，在那里可以学习算术、珠算、国文等课程。因此，在去往公园的路上有不少私塾，也常常会遇见一些刻苦复习的同学，但我并没有内疚的感觉，心情反而感到很畅快、很兴奋。

从田原町⑤到蛇骨温泉⑥，再往右拐到六区的那条路一直都没有太大的变化。在通往日本馆的途中，曾经有过一家叫"台湾名点爱玉子⑦"的饮食店，可现在见不着了。所谓的"名点"，其实并没有

① 久保田万太郎（1889—1963）：出生于日本东京浅草，是大正至昭和年间活跃在日本文坛上的俳句诗人、小说家、剧作家。
② 浅草公园：1973 年，日本东京都在原浅草寺的区域内规划建设了浅草公园，作为市民的休闲游乐场所。
③ 鸟越：日本东京都的地名。
④ 三筋町：日本东京都的地名。
⑤ 田原町：日本东京都的地名。
⑥ 蛇骨温泉：始于日本江户时代的温泉浴池。它与火山性的温泉不同，是古生代埋没的草、树叶等物质，被地下水溶解后形成的冷矿泉。
⑦ 爱玉子：台湾名小吃，用桑科无花果亚属的植物果实制作而成，形状类似琼脂状的食品。

什么特别的，也就是在洋粉上面加一点糖而已。可这对于中学生来说，也算是浅草难得的美味了。

从浅仓屋书店前往六区的那条路变化可就大了。原来那里是一条很窄的小胡同，走几步就会遇到一家寿司店，由于客源稀缺，各家店都在忙着招徕顾客。人们通常称这一带为"寿司胡同"。这里曾是退休老人、花工、土木建筑工人居住的地方。万太郎先生曾说过，这里就是一条与世隔离的小胡同。不过，小胡同现在已经被拓宽了，与以前相比，可以说是面目一新。

大正时代最让我们疯狂的电影是格蕾丝·库纳德、弗朗西斯·福特、珀尔·怀特等出演的系列影片。这些影片的人气虽然次于"吉格玛"①和"方托马斯"②，但也足以使当时的青少年们狂热。另外，美国青鸟电影公司制作的电影，以及意大利安布罗西奥电影公司的作品给少年们增加了不少的感伤。只要一想起青鸟电影的莉莲·吉许，安布罗西奥电影里的皮纳·梅尼切利，瞬间就会把我带到昔日的梦中。当时，我们瞧不起像土屋松涛那种带有激情演技的新派大悲剧，还有福宝堂发行的尾上松之助出演的电影。我们只欣赏帝国馆和吉内玛俱乐部。尽管帝国馆的无声电影解说员把自己打扮成法师的模样，可我们一点也不感到奇怪。还有石井春波，不管他吹嘘什么，我们都会把他的话奉为名言，绝没有嘲笑的意思。甚至对染井三郎，也

---

① "吉格玛"：指法国"怪盗小说"系列，以及根据这些小说拍摄的电影。曾经风靡日本，由于担心对儿童产生不良影响，一度遭到禁演。亦有"怪盗吉格玛""凶贼吉格玛"的别称。

② "方托马斯"：法国作家在1911—1913年撰写的犯罪小说，以及被改编成的电影。主人公方托马斯精通各种易容术和犯罪手段，无人知道其真实面容。

怀着一种敬仰的感情。

　　浅草歌剧就是在那个时期出现的，一下子就把那些爱好西方电影的青少年们的注意力吸引了过来。最初在日本馆出演的演员有高木陈平、高木德子、伊庭孝等人。，我记得日本馆在新建的剧院开演后的第二场演出就是歌舞剧。然后就出现了三馆通票，即金龙馆、常盘剧场与东京俱乐部的联通门票。其中，金龙馆成了田谷力三、清水金太郎、木村时子、泽森野等的大本营。常盘剧场上演水野好美的新派剧，东京俱乐部则上演老影片。因为这些影片的上映时间都比较长，一天至多也就只能看两个馆，连续看三个馆的电影实际上是不可能的。虽说三馆通票，但按他们的算盘，也就算是赚一场票钱吧。浅草歌剧就这样到达了顶峰期。在观音剧场，清水金太郎、原信子等演员，还尝试着用歌剧的原版语言来演出。

　　当时，在浅草歌剧的众多追捧者之中，不仅有男性，也有许多女性。人们称这些男粉丝为"佩拉勾楼"，称女粉丝为"佩拉勾丽娜"，这成了当时的流行语言。据说还有几个女演员是"佩拉勾丽娜"出身的。说到男演员，金龙馆的藤原义江还给自己起了个"户山英二郎"的艺名，出演了很多歌剧。这个情况在他个人的日记中有过记载。与他同时期的演员黑田达人，现在已经不知了去向。黑田也是一位深受观众喜爱的男低音歌手。他在欧洲深造过，还开过个人演唱会。可惜的是，最后在艺术上还是没有能够超过藤原义江。

　　浅草歌剧原是由赤坂皇家馆的看家演员清水金太郎一派支撑门面的，皇家馆继承了解散后的东京帝国剧场歌剧部的风格。要是追根寻源的话，就不能不提到导师罗西①先生的名字。但要是我没有记错的话，最初在浅草扎根的是日本馆的高木陈平、高木德子，还有伊庭孝、杉宽、天野喜久代和外山千里等人。后来才是清水金太郎一派。我认为应该理清楚这前后的关系。

大正六年（1917年）是卓别林的《卡门》②上演的一年。那时的电影还是无声，所以，乐团就会演奏《卡门》的摘选曲。这样一来，就给歌剧增添了不少色彩。从此《卡门》的旋律就在东京流行了起来，替代了原来的《喀秋莎之歌》③。这些记忆都是与浅草相关联的。

三友馆的旭歌剧团的出现，可以说是日本歌剧达到顶峰的一个象征。歌剧团的排练场在七轩町和本乡弥生町之间一家洗澡堂的二楼。还记得我和朋友在散步时，找到了他们的这个排练场所，心里非常得意。可后来因为歌剧团缺乏台柱子，不久就倒闭了。在当年的浅草，曾经有过许多这样崛起不久就倒闭了的歌剧团。譬如日本馆的招牌女演员河合澄子独立后，在瓢箪池前的娘义太夫小屋旁边成立了御园座剧团。这个剧团只公演过两三次，很快就销声匿迹了。

过了一段时间，榎本健一④与二村定一⑤等在卡基诺剧团和玉木座剧团活跃过一阵子。当时，许多粉丝都把他们当宝贝，喊他们名

---

① 罗西：意大利演员，曾经指导过东京帝国剧场歌剧部的演出。

② 《卡门》：法国作曲家比才的最后一部歌剧，完成于1874年秋。它是当今世界上上演率最高的一部歌剧。该剧在比才死后才获得成功。

③ 《喀秋莎之歌》：日本岛村抱月、相马御风作词，中山晋平作曲。1914年，岛村抱月将托尔斯泰的名著《复活》改编为话剧，《喀秋莎之歌》是剧中的歌曲，在大正年间广为传唱。演唱者为松井须磨子，在剧中饰演喀秋莎。

④ 榎本健一（1904—1970）：日本演员、歌手、喜剧演员，有"日本喜剧王"之称。

⑤ 二村定一（1900—1948）：本名林贞一，是日本昭和初期具有代表性的歌手、轻喜剧演员。

字的时候，还会加上"ちゃん"①。这是浅草当地独特的叫法，曾经被称为"佩拉勾楼"的粉丝们一定还记得这件事。浅草歌剧的组成人员除了具备专业音乐素养的人以外，还有各行各业的艺人，如石井漠那样的舞蹈家，还有武田正宪、胜见庸太郎等新剧剧团出身的艺人。石井漠不仅会跳舞，还会唱歌，还在《科内维斯的钟声》里扮演了守财奴卡斯柏。听到这些，也许现在的很多年轻人会觉得不可思议。浅草歌剧其他出名的舞蹈家还有高田雅男、高田圣子等人。浅草的歌剧演出虽说并不是特别正宗，但总的来说，他们对演出的要求还是非常严谨的。参与浅草歌剧演出的人员在力所能及的范围内努力筹备，他们对表演的那份热情就连我这样的观众也是能够感受得到的。譬如用意大利语编剧的《乡村骑士》，泽田柳吉独奏贝多芬乐曲，等等，都已经脱离了浅草的乡土味道了。

浅草歌剧毫无疑问提高了当时年轻人的品位。虽然现在他们已经年迈，回想那段往事，都会很兴奋。虽然他们看到的歌剧不算精致，甚至有些低俗，但起码领会了歌剧的精神，并且也欣赏了许多名曲。当时，在浅草，人们除了可以看到日本的喜剧之外，还能看到许多著名的歌剧，如《科内维斯的钟声》《塞维利亚的理发师》《薄伽丘》《乡村骑士》《阿尔法塔拉的医生》《卡门》《波希米亚女孩儿》《费加罗的婚礼》《浮士德》《鞋匠克里斯皮诺》《阿依达》《帕利亚奇》《沉钟》以及《地狱中的奥菲欧》（在浅草被改名为《天堂与地狱》）等作品。同时也会想起藤村梧郎、岩间百合子、安藤文子、松本德代、白川澄子、一条久子、相长爱子、石田雍、北村猛夫等演

---

① "ちゃん"：日本人对自己最亲密的人所用称呼。

员，只是不知他们现在怎么样了。像柳田贞一那样已过世的演员应该也不在少数。还有从事电影行业的濑川银潮、里见明、川原侃二、中根龙太郎等人，也不知后来怎么样了。如若健在，也一定都已经老迈了。

浅草虽然对我们来说是一个快乐的地方，但也有繁杂的一面。现在也有杂乱的一面，但总比过去好多了。首先六区那里的路已被修缮得与以前大不一样了。大正时期，六区还没有建设好，娱乐场的霓彩灯光往往直接照射在雨后泥泞的地面上。凌云阁楼下就更不用说了，就连电气馆后面也都是私家娼馆。从那里经过，稍不留意就有被拉进妓院的风险。我虽然沉迷于浅草，但从没有与凌云阁和电气馆的后面结过缘。也许是我那时年龄太小，并且一直都沉迷于电影与歌剧的缘故吧，所以也就没能把精力转移到别处去。大正十二年（1924年），那时我虽然已经24岁了，可又遇上了大地震。不管浅草十二楼楼下也好，电气馆后面也罢，所有的娼馆突然之间全部消失了。同时，浅草歌剧也消失了。后来的卡基诺剧团以及玉木座剧团，都是在大地震后重新成立的。

酒吧今昔谈

在这篇谈论酒吧的文章的开头，就讲保利斯塔咖啡馆的事情，或许有点不太恰当。虽说，在保利斯塔咖啡馆既没有好酒，也没有女人，但我要提醒诸位的是，咖啡馆与后来的酒吧之间有着密不可分的关系。所以，我在这里还是先来说说这件事吧。

我想，年轻的一代肯定不明白什么是"保利斯塔"。不过，这对于大正时代（1912—1926 年）过来的、东京的文化人来说，一提到这个词语，必定会唤起他们的快乐回忆。尤其是那些曾经在浅草的金龙馆、观音剧场观看过《科内维斯的钟声》《塞维利亚的理发师》《薄伽丘》《阿拉法塔拉的医生》《卡门》等歌剧，并且被感动得泪流满面的年轻人，再就是那些迷恋于文艺协会、自由剧场、艺术剧团、无名会、星期六剧场、黑猫剧团等的年轻人。对于他们来说，"保利斯塔"是他们青春记忆中不可替代的一个词语。

"保利斯塔"是明治四十四年（1911 年）在南锅町开张的一家

咖啡馆。据说，那里最初只要花五钱就可以喝到一杯正宗的巴西咖啡。后来，在我知道这家店的时候，一杯咖啡已经涨到十钱了。那个时候，保利斯塔的咖啡还算不得很正宗，精养轩①或"吉川"那样的高级西餐厅的咖啡味道会更地道一些，高级一些。可要是为了喝一杯咖啡跑到那么高档的餐厅去，也确实有点离谱。就像为了吃一口腌菜，而跑到一家高级日本料理店去一样。再说了，到那样的地方，要是只点一份腌菜的话，岂不是很没面子？

当时能够与咖啡馆相提并论的，也就是牛奶馆了。人们通常称牛奶馆为"报纸阅览所"。其实，牛奶馆也有使人怀念的独特的味道，不过它与咖啡店的气氛还是截然不同的。在牛奶馆里只有像烤面包、果酱面包、牛奶、咖啡、蛋糕那么几样简单的点心，再加上普通的报纸和官报。那时，不会有多少人愿意去读官报，也没有什么必要阅读官报。话虽是这么说，但官报还依然是当时牛奶馆的一个重要组成部分。现在回忆起来，也总是忘不了官报这么个话题。所以说，若是把当初的牛奶馆也列入咖啡馆的行列的话，虽然有些勉强，也是不无道理的。但是，那里供应的咖啡都是一些替代品，实在让人不敢恭维。他们先将一块白糖放进杯子里，再往里面冲上开水，杯子里会泛起一些白色的泡沫，这就是所谓的"速溶咖啡"吧。在那样纯朴的年代里，人们从来都不会去怀疑咖啡的真伪。咖啡馆"保利斯塔"就在这个时候作为一间大众咖啡馆而闪亮登场了。

其实，后来那些喜欢去银座闲逛的年轻人喝咖啡的习惯，大概就是在保利斯塔养成的。保利斯塔的总店在南锅町，另外在堀留、

---

① 精养轩：1872 年创办，是日本法式餐厅的鼻祖。1876 年又创建了上野精养轩。

神田、浅草等处也各有分店。有趣的是，每家分店都具备了各自的特质和个性，譬如堀留的客人很多都是给商家打工的伙计，神田很多客人都是学生。浅草的繁杂与银座的繁杂完全是两种性质，只要你到那里溜达一下，就会感觉到两个地方气氛的不同。不知为何，那时候只要能把店里写着红字的黑色咖啡罐子拿在手里，就会让人有一种自己走在时代前端的感觉。当时，人人出版社出版的书籍一册大约五十钱，而莲花出版社出版的书籍，一册大概也在五十到八十钱左右。海外文学的翻译版本很难买到，只有新潮社出版的那几本翻译书。所以，那些热爱文学的青年们也就只能购买莲花文库的英文翻译书籍了。可那些翻译版本也是十分糟糕的，许多内容就连译者本人也不明白，所以误译、漏译的情况很多。但是，在现代出版社①的书籍还没有被引进之前，对日本的读者来说，也没有比这更好的选择了。

在当时，要是能够买到一小罐保利斯塔的咖啡，外加一本五十钱的翻译书带回家的话，心里就别提有多么高兴了。我们的头顶上总是照耀着明媚的阳光，新的生活虽说不能完全如我们所愿，但好赖也算是新时代的知识分子吧。蔑视世俗的低级趣味，原本就是我们与生俱来的优越感。

那么，既没有酒，又没有女人的保利斯塔咖啡馆，后来怎么会与酒吧发生紧密的联系的呢？这一点恐怕是很多人难以理解的。其实，那些最初热衷去保利斯塔咖啡馆的人，后来差不多都成了酒吧的常客。他们的喜欢去酒吧，是延续了去保利斯塔咖啡馆的习惯。

---

① 现代出版社：成立于1971年的美国出版社。

随着人们年龄的增长，心灵上的成熟，或者说是品位追求上的进步，他们不再满足于在保利斯塔咖啡馆里消磨时光，而将趣味转移到了酒吧。当然，也并不是每个人都是这样的。但毋庸置疑，常去酒吧的那些人基本上都曾经是保利斯塔的常客，并且也是爱喝保利斯塔咖啡馆劣质"巴西咖啡"的那帮人。

另外，还有一家与保利斯塔咖啡馆同期开张的酒吧——"普兰当"，也是我们不能不关注的。普兰当是画家松山省三[①]先生为了在东京再现巴黎艺术氛围而设计建造的。很遗憾，我没有能够赶上那个年代，所以也就不知道该怎样描写当时的情形。生田葵山[②]先生在他的文章《普兰当的灯光》里曾经写过，那里的常客里有小山内薰、押川春浪、中泽临川、冈田三郎助、永井荷风、长田秀雄、木下杢太郎、高村光太郎、正宗白鸟等人。这个名单里一半以上的人都已作古。葵山先生在他的文章里还提过一段往事，说是白鸟先生坐在暖炉边，一边东张西望地看着其他客人，一边漫不经心地说："其实，来到这里也没什么意思。可实在也没有什么地方可去，也就只好来这里了。"我以为，葵山的这句话恰如其分地道破了白鸟先生的性格。当时普兰当开在日吉町。我听说那里一直营业到凌晨两点多钟，而且很多艺术家经常出入。所以，每天放学路过那里，我都会不由自主地心跳加快。之后，普兰当又搬到了金六町。我第一次去普兰当，就是它搬到金六町之后。走进店里，就见店堂的墙上到处贴着当时名人们酒后留下的帖子。那些文字，处处都透露出

---

①　松山省三（1884—1970）：日本明治至昭和时期的西洋派画家。

②　生田葵山（1876—1945）：日本小说家、剧作家。1945年自杀于日本濑户内海。

他们在如醉如梦之中的悠然自得。我始终迷恋着那些奔放自如的文字，以及那些文字背后蕴含的逸闻趣事。那是一种人性的表现，是值得我们每个人去感悟、去思考的。可以这样说，他们那种执着于文学，以及对美术的鉴赏能力和氛围，深深地触动了我们这些青少年的心灵。

当时，能够称之为咖啡馆的，大概也就是"普兰当"与"狮子"这两家了。而对于年轻人来说，"普兰当"似乎更加容易接受一点。我第一次去"狮子"是明治四十五年（1912年）的时候。当时我刚上小学，所以很多细节已经记不清了。记得那次是在看完戏回家的路上，家里人领我去的。咖啡馆的位置在一栋小楼房的二楼，往里走还有一个包间式的小屋子。在那里不但可以喝酒，也可以带孩子去吃冰激凌。冰激凌是由白色、粉色、绿色三种颜色组成的。靓丽的女服务员穿着统一的和服，还围着小围裙。

在青年们的眼里，那些出入"普兰当"的常客好像都是有地位有名望的人。实际上也的确如此，很多名人都会把这个咖啡馆作为他们的第一选择。而对于那些热情洋溢的文学青年们来说，可以远远地仰望自己崇拜的偶像，简直太让人兴奋了。池内萍绿先生也是这里的常客。有次，我突然看到他走上浅草的舞台，出演《巧克力兵队》的剧目。这真令我大吃一惊。其实，要是放在现在的话，又能算是什么新鲜的事情呢？可那时的情况不同，浅草的舞台上，除了浅草艺人以外，其他行业的人是不可能上去演出的。更何况，他是这样一位大名鼎鼎的文人，这简直就是在降低自己的身份嘛。池内先生也是松崎天民先生的好友，这样一位文人居然突然出现在浅草的舞台上，确实让人难以置信。但更加让人感到不可思议的，是他那糟糕透顶了的演技——就凭这种演技也好意思收门票钱？说实话，真是难以看下去。不过，时间一长，萍绿先生演戏的经验多了，演技也有了进步，也逐渐掌握了在浅草舞台上演戏的技巧。后来，据说他又加入了五九郎剧团，再后来就不知道他的去向了，也许早就去世了吧。现在金六町附近有一条狭窄的小路，那里也有一家名叫"普兰当"的小酒吧，但这与当年的普兰当应该是毫无关系的。这家酒吧好像是被特意保护下来的古迹，在整个银座地区也是小有名气的。每当我看到这家"普兰当"，便会想起已经消失的那家"普兰当"，心里就会五味杂陈，惋惜不已。

当初，咖啡馆与酒吧是没有什么区别的。尤其在咖啡馆繁荣的顶峰时期，没有几家酒吧能够与之并肩。咖啡馆与西餐馆听上去好像有很大的区别，可实际上也是很难完全区分开的。无论咖啡馆还是西餐馆，都既能饮酒，也能吃到咖喱饭和西式菜点。当时，在浅草桥附近就有一家名叫"今清"的西餐馆。"今清"的招牌菜是牛肉火锅，但除了吃火锅之外，还有西餐厅，可以喝酒吃西餐。西餐厅女服务员的穿着打扮与火锅餐厅的有些不同。她们围着白裙，和服的围带里别着啤酒瓶的起子，啤酒瓶的起子上系着线绳，线绳上还拴着小铃铛或象牙坠子之类的。我还记得那里几个女服务员的名字，好像叫小久米、小千代什么的。西餐厅既是咖啡馆，又是餐厅。当时很流行这样的餐馆结构，满街都是这样的模式。

浅草著名的余暇楼，是一个特别注重广告宣传的酒楼，经常在报刊上登载美女照片的广告。这家酒楼与今清西餐馆的不同之处在于，它是一家纯粹的杯酒言欢的场所。当然，如果您不喝酒，只是来这里吃饭的话，酒楼也照样接待。这有点像我们去古董商店买砚台，店主一定会问：您买砚台是用呢，还是观赏？过去的那些咖啡馆也一样。有时，我们去就是为了吃饭，而有时则纯粹是为了饮酒作乐。

这种传统是从所谓的"大咖啡馆时代"沿袭下来的。现在已经没人会去"老虎""黑猫""银座宫"之类的地方吃饭了，并且，咖啡馆也不再会像以前那样，热情接待那些只吃饭不喝酒的顾客了。同时，咖啡馆不仅仅是喝酒的场所，也是与女孩子们调情的地方。要是肚子饿了，可以在那里点些简餐。即使不饿也没关系，要点什么吃的，原本也是这里的常规。

从这一点来说，咖啡馆的游戏规则确实有点过时，还会给人一种庸俗与拘谨的感觉。如果没点风情诱惑，谁愿意往那样的地方跑？就像在新桥博物馆旧址上修建的"银座宫"那样，在那光彩缤纷的大厅中央，特意设计了一个摆放电唱机的舞台。每播放一个曲子，就会走过来一位身穿晚礼服的女子，款款地拖着长裙摆，卖弄风情。有时还俯首弄姿地蹲在电唱机旁换黑胶唱片。有时，还会让女孩子们手持香烟、糕点之类的物品，在观众席上散发……所有的促销活动都给人一种很夸张的感觉。这种大咖啡馆的经营方式，带有浓厚的关西色彩。现在，人们把这种老套的促销方式移植到了东京，难免产生变异。

说要举办花卉展览，便在店里摆满假造的樱花，造成山花烂漫的景观。说要举办和服表演，就找来一大群女子，让她们穿上同一种式样的和服，造成一种流行的氛围……这些做法也都源自大咖啡馆时代。后来经过一场战争，这种风气也就无影无踪了。之后虽说有点死灰复燃，但总归不能形成长久的气候。这种形式被称之为"战后交际酒场"，例如银座的"新老虎"就曾经复活过类似的做法。所谓的"社交酒场"，也只是战后出现的称呼。在那之前，是被称作"新兴茶馆"或"社交茶馆"的。这种以联络人际关系为宗旨的社交场所的建立，正是战争期间以及战后的情势所致。我以为，"社交"这个词语的应用，反映的也是整个社会的一种趋势。

在"沙龙·春""老虎""咖啡·美国"等大型娱乐场所，常常可以看到我这个年龄的中年男人与三四个妓女周旋，尽兴地风流倜傥。这些客人有的是从酒席宴上直接过来的，有的是刚看完戏、看完相扑比赛过来的，还有的是从东京鹫神社的庙会顺便过来的。他们不计花销，也没有时间的概念，不顾一切地洒脱狂放。这种客人是妓女们心目中的"财神爷"，出手阔绰，气派大方。在这样的客人怀里，她们会极尽媚态，充分满足他们的虚荣心。如果遇到这样的客人还不能挣到足够的小费的话，也只能怪自己没本事了。因此，这些客人的身边，自然就会有许多妓女追逐而来。谁让这样的场所适合做这样的事情呢。

相比之下，酒吧就要简单一些。规模不大，气氛也更为安静。"普兰当"的经营规模虽然类似于咖啡馆，可从内部的氛围来看，倒是更接近于酒吧。只有在这种状态下，人们才会有一种安适的感觉。可等到咖啡馆与酒吧的功能进一步异化之后，氛围也就发生了根本性的变化。尾张町的布莱特药局的楼上有一家日本酒吧。这家酒吧的氛围虽然与咖啡馆有些相似，但差别还是十分明显的。店主将一个空旷的大厅分割为两部分，给人带来温馨的感觉；而且，将窗户设计得很有层次感，使得房间变得更有品位与格调；再配上高档的家具，安装了一个大型的暖炉，愈加使房间变得温暖安逸。接客的小姐都穿着和服，从穿戴到谈吐都努力把自己装扮成良家女子的样子。所有小姐都经过特殊的训练，客人们很难看出她们的真面目。

记得有一年，二十七岁的阿部知二[①]央求我带他去这样的场所体验一下。我心肠慈悲，怕他受到刺激，没敢一开始就把他带到像"哥伦比亚"那种猥亵而杂乱的地方，而是领他去了日本酒吧。那一次还好，安然无恙，没出什么纰漏。可是，即便是日本酒吧，也还是免不了有一种莫名其妙的拘束感。与那些小姐说得越多，越是感到空虚与无聊。当初要是知道会这般无聊的话，还不如去"格劳斯"呢，那个地方的氛围虽说有些刻板，但也有让人感到可爱的地方。从装修的格调上看，"格劳斯"的店面完全模仿了表现主义[②]的艺术概念，但由于模仿得很不到位，反而给人一种阴森森的感觉；再加上客人与小姐都是平庸之辈，就把"表现主义"也拖累得庸俗不堪了。当然啦，在这样的场合，只要被酒灌醉了，还有谁会在乎这些细节？种种缺陷或许反而变成了它独特的魅力呢。还有如岚、蓟、红绳、西拉木伦、罗宾……这些娱乐场所的名字，是多么令人难以忘怀啊。现在罗宾依然还在，可内部的装饰已经大有改变。记得当时在罗宾喝酒，四五个小姐围上来陪酒，娇媚百态地劝你的酒。而现在只剩下一个名叫高崎的女子，周旋于那些坐在长板桌上喝酒的客人们之间。

另外，还有一家酒吧是我难以忘怀的，人们称之为"卢尼克莱

---

① 阿部知二（1903—1973）：日本的小说家、英文学者、翻译家。
② 表现主义：现代重要艺术流派之一。20世纪初流行于德国、法国、奥地利、北欧和俄罗斯的文学艺术流派。

尔趣味"。它是一家古色古香的小酒吧，挂着卷式的窗帘，位于并木路的右侧。当时，我深深地喜欢上了这个一点也不张扬的小酒吧。虽然它后来焚毁在战火的硝烟之中了，但人们对它的怀念之情估计一直都在。我想，无论是资生堂编撰的《银座》，还是安藤更生的《银座细见》、松崎天民的《银座》、石角春之助的《银座解剖图》以及《银座秘录》等资料里面，都不可能提到那家酒吧的名字吧。

墨堤①杂记

距向岛的弘福寺②不远处，有一家"水之音"日本料理店。饭店的门脸设计虽说不太讲究，可一走进房间，马上就会感觉到安逸而宁静的氛围。所以，有时想起它来，我就会不由自主地往这里跑。

那已经是好几年前的事情了。有次，我参加了东武铁道举办的"浪漫特快"试乘活动。恰巧，"水之音"料理店的老板娘也去了。我们就是在那次活动中相识的，也算是有缘之人吧。

要说向岛这个地方，距离我的住处世田谷很远，现在变化也很大，已经完全不是我小时候记忆中的样子了。但我依然喜欢来这里，

---

① 墨堤：日本东京沿着隅田川，从三围神社至木母寺的堤坝。现在成了"墨堤大道"。从四代将军德川家纲开始就在这里种植樱花，八代将军德川吉宗于1717年5月种下樱花100株，1726年又追种桃、柳、樱等共计150株。如今成为赏花的胜地。
② 弘福寺：日本黄檗宗之名刹，供奉着一座被称为"松云作"的释迦牟尼佛像。关东大地震之前，日本著名作家森鸥外的坟墓就安葬在这里。

所以，距离远近也就不是什么问题了。

牛岛神社①、三围祠②、弘福寺，这些地方没有一处不是令人难以忘怀的。从三围祠神社入口处的牌坊一直往左拐，就能走到后门口。后门外的两边都是水塘，可这些池塘里并没有水，干涸的洼地里杂草丛生。只有天下雨了，雨水积存在池塘里，人们才会发现那里原来是一个池塘。如果有人好好打理一下，再把池塘里注满水的话，一定可以成为一处不错的风景，真是可惜了。

我们还是把话题再回到"水之音"吧。

"夏天的时候，我们这里要比河对面凉快许多呢。可一到冬天，这里又特别的冷，简直有些让人受不了。"

店里的小妙姑娘这样对我说。小妙是在这家店里干活的。虽说这个店的名字叫"水之音"，可怎么也听不到流水的声音。也许静下心来仔细倾听的话，在那轻风声中，似乎也能听到一点流水的声响。或者，是因为这家店所处的位置过于僻静吧。

秋季的一天，我趁着坐在店堂里等菜上桌的间隙，顺手在记事本上写下了这样几句歌词：

> 站在墨堤上，
> 听泉水淙淙流淌，
> 任秋风染鬟霜。

---

① 牛岛神社：位于日本东京都墨田区向岛的神社，是贞观年间（859—877 年）慈觉大师所建。

② 三围祠：位于日本东京墨田区向岛，所祭神灵为宇迦御魂之命。

站在墨堤上，

望浅草彩灯闪亮，

谁道往事易忘？

从"水之音"往回走的途中，我登上墨堤，瞭望浅草"珍世界"那耀眼的霓虹彩灯。而此时，眼前观音堂漆黑的飞檐，如同影子般耸立在夜空之中，令人有一种忐忑不安的感觉。我凝视着浅草五彩的霓虹灯光，仿佛在看一幅氤氲在秋天夜空中的彩色画卷。此时此刻，泪水不知为何竟悄然流满了我的两颊。

夏季来临，"水之音"店铺里，按照惯例会摆出一扇屏风，上面裱糊着团扇画①。那是永井荷风先生与杏花先生②自画自题的混合裱糊之作。毫无疑问，杏花先生就是那位赫赫有名的市川左团次③歌舞伎名角的传人。荷风先生的自画自题俳句一共有两首，第一首俳句题写在喇叭花的画卷之上：

莫道雁无痕，

修竹上空吟秋声，

门前霜叶深。

第二首俳句题写在蜗牛画卷上：

---

① 团扇画：日本江户时代绘制的浮世绘画作的形式之一。

② 杏花先生（1880—1940）：原名高桥荣次郎，日本歌舞伎演员，艺名杏花、松莚。第一代左团次的长子，1884 年 4 岁时就登台演出。

③ 市川左团次：日本歌舞伎名角的名号，是一代代相传的名号。

梅子黄时雨，

闻得杜鹃声声唤，

泣血啼黄昏。

这两首俳句并不能判定他是不是在向岛创作的，但写的无疑是水边的景物。我没特意去打听这些字画的来历，却固执地认为，荷风先生一定就是坐在这家酒馆的房间里写出的这两首俳句。

从洲崎^①到龟户^②

从前，有些人在银座喝酒，喝到酒兴盎然之时，便会乘车直奔洲崎。这在当时十分流行。途中要经过永代桥等大小好几座桥梁，一路上没有任何障碍物。那种长驱直入的感觉，犹如猛兽捕猎一样，有一种凌空飞翔的快感。他们从来就没有考虑过距离的远近，这样的酒后疯狂，实在是很过瘾的感觉。后来，战争来了，又走了，这种风气也就随之消失了。洲崎那里的花街柳巷也在战火中付之一炬。

如今的洲崎已是面目一新，可这并不意味着过去的那些花街柳巷也恢复了原样。人们在那里新建了七十多家"咖啡馆"，入夜，"咖

---

① 洲崎：日本东京都江东区东阳的旧地名。从明治时期至1958年卖淫禁止法颁布，一直是妓院聚集的场所，被称之为"洲崎伊甸园"，与东京都的吉原并为都内为数不多的妓院繁盛之地。

② 龟户：东京都江东区的地名，在城东地区，现行行政地名为龟户一丁目至龟户九丁目。

啡馆"里的灯光扑朔迷离，透射出多少人内心的百感交集。我想，在那夜空之下，真不知道有多少人会感到迷离恍惚呢。人们难免会想起以前从银座赶往江东区的那种风驰电掣的速度。所以，出租车司机的生意也又兴隆了起来。

洲崎的妓院在战争期间被改成石川岛造船厂的职工宿舍，以前的妓女和嫖客差不多也都成了这个造船厂的职工。战后，这里也与别的被烧毁的地方一样，杂草丛生，一片荒芜。就在战争时期，第一个回到这里重操旧业的是武北梅楼①的神崎先生。在妓院被改为职工宿舍后，神崎先生就去了在北边的吉原②，在那里建了所名为"角海老"的妓院，收养了五十三名妓女，直至战争结束。

神崎先生非常干练，同时也是个有眼光的人。在他的身上嗅不到风尘的味道。他的口音带着千叶的方言。他是个不喜欢坐享庭院风光的人，喜欢亲自动手打理。武北梅楼的那些小木屋都是他亲手一一打造出来的，并且又将它们连成了一片。在他的影响下，又有七八个原来也是干这一行的经营者回来重操旧业。再加上一些新的从业者，形成了七八十家的营业规模，颇有盛极一时的繁华景象。

朝向弁天桥③这边的妓院大门现在已经不见了，据说是在战争期间交给政府了。大门虽然不见了，可一路上的景观并没有多大变化。沿着水泥堤坝一直往前走的话，途中有些地方显得特别空阔。那些空阔之地所带来的空乏感，难免会令人想起战争的洗劫。过去

---

① 武北梅楼：当时的妓院名称。
② 吉原：日本江户时代公开合法的妓院集中地，位于现今东京都台东区。
③ 弁天桥：位于日本东京都江东区，1931 年竣工。

的"引手茶屋"也不复存在。道路的右手边则是一些收音机商铺、居酒屋、杂货店、药店什么的，再也看不到花街柳巷那种繁华的景象了。不知为什么，现在的这个样子总是让人感觉缺点什么。堤坝的左侧有一处与札幌横町很相似的地方，在几条宽阔的马路的十字路口，新建了许多的茶馆和咖啡馆。那条堤坝差不多一人来高的样子，不用费劲就能爬上去。我记得那年大正天皇举行登基大典，就在堤坝边上搭了一个遥拜所。当时，头戴假发的花魁从各处妓院聚集到这里来参拜天皇就职。我那时正上中学，记得还站在旁边看过热闹。

我跟神崎理事（这时的神崎先生已经升任同行业理事会的理事之职）提起这事儿的时候，他告诉我，那次参加大典所用过的红白幔帐①都被保存下来了。我听他这么说，心里不免生出几分的感慨。

沿海的堤坝虽然将海景遮挡住了，可只要往高处一站，马上就能看到大海的滚滚波涛。海滩上是一片污浊的泥土，夜间潮湿的海风还会送来海水苦咸的气味。这里的夜空显得有些暗淡，不像东京的夜空，被五颜六色的灯光映照得如同白昼。走下堤坝，海景瞬间便从眼前消失，瑟瑟发抖的身体伫立在冷风之中，有一种不能动弹的感觉。举首仰望，天空中那些缓缓流动的星星，仿佛就是自己刚才看到的大海波浪。而那些"武北梅楼""沙龙银河""幸运之星"等的霓虹灯光，即刻便与大海的汹涌波涛融为一体，无数的光影瞬间便被茫茫大海的黑暗吞噬。

这一带都是填海开拓出来的土地，虽说已经建成了七十多家特

---

① 红白幔帐：指日本举行仪式时所使用的很长的红白幕布。

殊的"咖啡馆"，可依然赶不上当初的繁华。"咖啡馆"与"咖啡馆"之间距离很远，给人一种空洞的感觉，周围似乎很冷清。烤鱼的香味、收音机里的播音声、婴儿的啼哭声……便在这些房屋的空隙之间流淌起来。若是房屋多一些，更加密集一些的话，这些声音也许就会彼此掩盖住了。要是在这原来的花街柳巷宽阔的旧址上再多建一些"咖啡馆"的话，我想，建它二百家总该没有问题。那样的话，就不至于像现在这么萧条冷清了。如今那些建筑物的后面，除了车道就是空地。冷风吹来，就连五彩缤纷的霓虹灯光也似乎变得扑朔迷离起来。

以前，在洲崎的花街柳巷里，还有射击游戏场等娱乐设施可以吸引人们注意力。即使在妓院里，也能不断听到射击打靶的声音。射击游戏场里的女孩子们模样长得也不错，她们就好像是妓院的招牌一样，服务热情周到，还会时不时地给客人们说一些逗趣的笑话。客人们一高兴，不知不觉也就变得大方起来，射击打靶的生意也就越来越好。所以，用美女来撑场面，就成了生意输赢的关键。这样一来，店主们就会争着雇佣一些乖巧貌美的姑娘。大正屋的小花尤其出色，不只是在洲崎，她的乖巧和俏丽可谓名声远扬。人们都说，大正屋的生意红火，大部分的功劳都是小花的。可惜的是，现在的洲崎再也找不到如此让人动心的姑娘了。不仅没有赶得上小花的俏丽姑娘，就连像大正屋那样有活力的射击游戏场也没有了。今后，随着建筑物的增加，也许射击场会自然地多起来，也许还会出现比小花更有魅力的姑娘。我很久没有来这里了，无意中想起了小花姑娘。听说小花姑娘已经搬到静冈，过起了安稳的生活，我从心底里为她感到高兴。阿荣、弥生、双叶等小店都并排在一条街面上，要是站在那里细心观察的话，就会觉得它们简直就是一个奇观。就说那些房子的外表吧，有的像和式甜点小铺，有的像当铺，有的乍一看像是医院，而里边却装修得像办事处。唯一不同的是，这些房子外边站着的，都是浓妆艳抹的小姐，嘴里哆哆地发出娇柔之声，玩命地做着拉客的生意。

那莺燕之声音可以分为几种：有的声音响亮，属于进退自如型；有的小鸟依人，是温柔亲密型。在妓院的顶峰时期，有家名叫"牛太郎"的妓院，妓女们拉客用的就是两种不同的调子：一种是见到客人立刻喜气洋洋地招呼起来，大大咧咧地就将身子靠进男人的怀里；另一种则是目光盈盈看过来，伴随着温情款款的甜言蜜语，双手就缠上了客人的脖颈……

世道一变，我还以为会有什么变化呢，没想到在那些"咖啡馆"里，依然弥漫着那么两种声音，也许是古今人性都相通吧，就连拉客的语调都一样，看来是不会有什么新鲜的花样了。不仅仅是语调，拉客的方法也沿用老一套。有的是坐等客人来，有的是一看见客人立刻扑上去。现在的特殊"咖啡馆"与"牛太郎"年代唯一不同的是，"牛太郎"的小姐们用花言巧语把客人引上楼，接着再用一套甜言蜜语令客人神思恍惚，以致飘然若仙；而现在的"咖啡馆"更加直截了当，妓女们以种种手段引诱客人，极尽妖媚展现自身的魅力。这样的气势真是见所未见，势不可挡。

客人的性格也是各有不同。有的每当路过那里，就会与妓女们搭讪，说说笑话。有的会像痴情的罗密欧那样，停留在楼下，与阳台上的妓女说闲话。洲崎的道路很宽敞，这些细节怎么也逃不过旁观者的眼睛。哪怕就算是看热闹吧，也绝不输于看一场好戏。如今，洲崎的花魁们都会亲自出来拉客，可当时不允许妓女们抛头露面，所以，她们就只得躲在门帘后面，露出半张面孔，用娇滴滴的声音诱使路人留步。这种做法后来就逐渐流传开来，流传到了吉原，流传到了别的花街柳巷。也就是说，妓院拉客套路的发源地就是洲崎。二战前是日本妓院的末期，妓女们躲在门帘后面，身穿软棉布的和服，扎着细细的腰带。而现在妓女们的穿戴，与过去相比有了很大的变化：要是穿和服的话，就会穿那种出客时的高档品；要是穿洋裙的话，也不会是普通的式样和料子。这些都是外表的变化，因为现在的妓女经济上不再受到别人的约束了，但内在的东西还是摆脱不了传统。譬如，她们还会说"染玉"①这样的行话。其实，这与现实的情况是矛盾的，让人有些难以捉摸。因为，按照妓女的习俗，嫖客在同一家妓院里只能与一个妓女发生性关系。除了特殊情况，客人是不允许与同一家妓院的其他妓女做交易的。所谓的"特殊情况"，也只能是妓院方面的解释，客人方面是不能违反常规的。但据说现在这种习俗已经被打破。也就是说，只要双方同意的话，万事都可能，已经不再有任何习俗的约束了。也不知那些麻烦的规矩和习俗都丢到哪里去了。现在已经很少听说因为家境贫穷而堕入风尘的女子，干这一行的很多都是年轻的离婚女子。

虽说结过婚，但谁也不知是真是假。有许多是丈夫死在战场上的寡妇。在战后混乱之中，的确存在着各种不合法的婚姻关系。而且，对于许多人来说，这也已经是习以为常的事情了。可以想见，对于那些年轻女子来说，如此短暂的婚姻生活本身就是一种非正常

---

① "染玉"：妓女行业的行话，指性病的传染，或者是指将性病传染给其他妓女。

的经历。这些以出卖皮肉为生计的女子们必然也有她们自己的感情和情欲。所以，过去的花魁身边肯定都会有一个情郎客。那么，现在那些特殊"咖啡馆"的女子，尤其是结过婚的女子们，也有心仪男人作为对象吗？她们的回答是"不"。用她们的话来说，情郎客这种想法早已经过时了。尽管是心仪的男人，也得看对方的经济实力，还要考虑自己的付出能够得到多少回报，总不能光凭感情而去做赔本的买卖吧。看来，这个世界已经发生了很大的变化，我还是凭着自己过去的观念去看待新的事物，必定是要被时代淘汰。

洲崎的繁荣，是因为根津①一带的花街柳巷转移到这里之后才发生的变化。服部诚一②先生在《新东繁昌记》一书中，详细描述了当时的情景。书中内容都是用汉文写成的，言辞未免有些夸张，什么"芳云浪漫涌吹歌"，什么"翠烟模糊翻舞袖"，等等。永井荷风先生在《梦中女人》一书中，也记叙了往昔洲崎的故事。他回忆说，走过弁天桥，前面就是一道堤坝，旁边是茂密的松树林……将那一带的风景描写得极其细致生动。这与战后重建之时的情形相比，真是天壤之别。神崎先生曾经十分感慨地对我说过："根津之后留下来的店，也就只剩下'纪三文'一家啦。"遗憾之情溢于言表。回想这三十年来的变迁，神崎先生真是感慨万千啊。

从洲崎到龟户，一路上可以看到，祭奠天神的神社已经被焚烧得面目皆非，以前耸立在那里的太鼓桥和紫藤架也都不见了踪影，唯有几座石碑孤零零地独立在晚风之中。还有那些葛藤，每逢夏日

---

① 根津：日本东京地名，指现在东京的文京区一带。
② 服部诚一（1841—1908）：福岛县人，日本明治时代著名文学家、新闻工作者。

炎炎之时，它们是用来给神社的帐幕遮掩阳光的。那一片炫目的紫色，看上去是多么华丽高雅啊。可现在，到处都是一片荒芜。

"要等到葛藤长大，怎么也得有一段时间吧。所以，我就特意在这里栽种了一些杜鹃花。哪想，过路的人把花儿都给揪走了……"新茶馆"梅芳亭"的老板娘曾经跟我唠叨过这件事。

神社境内全都荒草连片了，哪里还能想象出当初的样子？神社左边的"三业组合"①好像恢复得还不错，里边传来弦歌②的演奏声。可惜，这一带仅仅只有一家叫"若福"的饭庄，店里透出的灯光，静静地照射着旁边的水塘。四周一片漆黑，显得异常的冷清。虽然经过神社的人并不少，可他们只是经过，并不是来参拜的。只要待在神社的旁边，就会不断听到人们踏过铺石路面而匆忙远去的脚步声。

神社内外虽说已经荒废了，可后面倒还是很热闹。龟户的妓院区旧址也已是焕然一新，盖起了许多新式的"咖啡馆"，再也不像以前蜘蛛网般杂乱无章了。道路也拓宽了许多，两边至少有六十多家店铺，明亮的灯光使得这条大街活跃了许多。因为面积没有洲崎那样空阔，建筑物之间就显得比较紧凑，所以也就减少了许多寂寞感。在初音、曙、彩叶、若竹、玉起、竹叶、酒窝等店铺的门前，站满了拉客的女子，嘴里不时发出娇滴滴的招呼声。洲崎那边的妓院建筑没有规划，龟户这边虽说房子有大有小，但窗户用的都是可转动的长板，便于女子们从窗户中探出头来拉客。这与过去那种从

① "三业组合"：指旧时日本饭店、酒馆、艺妓店三业集中经营的地域。
② 弦歌：一般指琵琶、古筝、三弦等演奏的声响，这里特指三弦演奏的乐声。

门帘口露出半个面孔拉客的情景，可以说是异曲同工。那种长条形的窗户有些像理发店，唯一不同的就是，在房间里服务的女子，要比理发店的服务员妩媚多姿，她们还特别喜欢从窗缝里观察来去的人群。

"这位老板，您过来一下嘛，有话要跟您说。"

这种搭讪似乎太过于平凡了。

"哎哟，这位伯爵先生啊！了不得了！那三十八度线哟！"

妓女们可谓千姿百态，有的在热情拉客，有的坐在店堂里哼着小曲儿。若是有人从眼前走过的话，就会听到她们大声的喊话：

"哎哟喂，进来看看嘛。"

可一旦知道没什么希望的话，就会马上埋头接着唱她的小曲儿：

"白头深山锵锵——个锵——"

这里地方比较狭窄，人来人往的，倒是比洲崎那里热闹多了，妓女们拉客的方式也显得更加简单而粗糙。

出了那家像理发店一样狭窄的房子，弄不好就会遇上一个像过去旅店的"饭盛女"[①]那样的妓女，默不作声地猛地扑上你的后背，强行把你拽进去，嘴里还一边唠叨着：

"哎呀，要来就痛快点嘛，这里可不是随便看的哟！"可要是知道客人确实没有那个意思的话，她就会痛快地说道：

"先生，那你就先溜达一会儿再过来吧。"

---

① "饭盛女"：也称卖饭女，指日本江户时代在道路边的旅馆里为旅客提供饭食、杂务的女人，也兼做皮肉生意。这些女人原本就是妓女，可是，幕府在江户时代中期取消了妓女，她们就改成"饭盛"这个名字，继续从事卖春活动。

她们并不会缠着你不放。想想也是，她们也犯不着强按牛头不喝水——这反而会失去回头客啊。有趣的是，不管在哪一家，妓女们都是这么把握尺度的，并不无理地纠缠客人。倒是那些嫖客，常常摆出一副清高的样子，虚张声势：

"哎，拉什么拉呀。看，扣子都让你扯掉啦。这衣服可不便宜啊，你赔得起吗？"

说这番话的年轻人看上去二十三四岁的样子。这种无理取闹简直让人看不下去。细看一下，扣子的确是掉了，也许早就不结实了吧。

"哎呀，先生，不好意思呀。进来让伙计给您重新钉一下吧？"

"去你娘的！你不钉谁钉啊？这不就是你扯掉的嘛。"

奉陪到这里，女子也就没有闲时间再应付他了，买卖还是要做的。于是，她们继续站在门前吆喝道：

"这位老板，您等等，过来一下嘛！"

那个找麻烦的男人还是脏话不断，可又惧怕站在门前的两个彪形大汉，一时抹不开面子，就拿着店里的针线，自己把掉了的扣子缝上了。嘴里还在骂骂咧咧的，眼睛却不停往门口瞄。妓女们连看都不看他一眼，只是尽心尽力地拉客。她们都知道跟这种人讨价还价是最吃亏的。这一点，谁都没有比做这类生意的妓女更有经验了。

其实，这些妓女自己也不知道因为什么来的龟户。对于她们来说，那些老店的存在与否并不重要，她们只关心生意好不好做。

我还要说一件事情，是这些妓女们不关心的事情，那就是龟户这边的特产——"船桥屋"①制作的葛饼②已经重新问世了。

虽说流过柳岛人工河的河水颜色一直都没有变化——当然，我说的并不是近几年的事情，而是打我记事以来，这里的河水就是很清澈的——可这条河对面的妙见堂就不一样了，早已成了一片荒地，只有刻着"北辰妙见大菩萨"的牌子还挂在那里，剩下的就是满地的瓦砾残砖了。还有一个临时搭起来的佛堂，看起来让人感到悲哀。在被焚烧得面目皆非的瓦缝里，还能听到微弱的虫鸣声。现在它的旁边是一座制药厂，烟囱里徐徐上升的白色烟雾飘散在空中，不知是在同情，还是在鄙视它面前那惨不忍睹的场景。有一首与桥本饭庄有关的小曲儿是这样唱的：

> 舟船随风行，
>
> 夜泊桥本家。
>
> 酒香醉远客，
>
> 灯红歌无涯。

桥本饭庄的旧址，现已经成为遍布房地产和鞋店的临时商业区。其实，像这样旧日痕迹全无倒也罢了，就怕像妙见堂那样，留下一副惨不忍睹的残骸，令人痛心不已。

最后，我还要再说一下桥本饭庄。第五代菊五郎③第一次发病

---

① "船桥屋"：日本的糕点老店，总店位于东京都江东区龟户。

② 葛饼：指用葛粉加水煮过以后放进模子中冷却成型的糕点。

③ 菊五郎：即尾上菊五郎（1844—1903），日本明治时期著名的歌舞伎演员。

就是在桥本饭庄，后来再一次旧疾复发，就在麴町我外公的家里了。我外公是个医生，在第五代菊五郎的疾病治疗上费了不少心血。有一天，第五代菊五郎去我外公家检查身体，当天就没有能够回家。我外公的名字也叫桥本，后来外婆也经常会提到他们两家之间不可解的奇妙因缘。

从今户①到千住②

"十八的月亮还没有升上天空，绿荫低垂、林涛浅唱的待乳山③的森林，也还没有把影子投射到护城河上。耸立在浅草寺的凌云阁塔，依然氤氲在一片深褐色的暮色之中。夜行的人们，手提着灯笼来去匆匆。吾妻桥畔，转瞬间已是日落黄昏。"

上面这段文章的末尾，用的是"转瞬间已是日落黄昏"这样的一种表述。可以看出，这是一篇口语风格的文章。这是广津柳浪④先生名为"隅田的夜路"的短篇小说的奇妙开头。这种文白相间的写作手法，在现代文学作品中已经很难找到。同时，也让我想起从

---

① 今户：位于日本东京都台东区的地名。现行行政地名为今户一丁目至今户二丁目。
② 千住：位于日本东京都足立区的街名。现行行政地名为千住一丁目至五丁目。
③ 待乳山：位于日本东京都台东浅草七丁目附近的一座小山丘。
④ 广津柳浪（1861—1928）：日本著名小说家。

山谷堀①到今户这一路上已经消失了的昔日风光。

从今户到隅田公园的通道，现在已经是一条很宽阔的大道了，车来车往，风驰电掣。在关东大地震和两次大规模空袭之后，经过一次又一次的修复，才有了今天的样子，真可谓是天高海阔。眼前宽阔平坦的大道两旁，连片的新住宅区也正在建设之中。

柳浪先生的这篇小说，是明治三十五年（1902年）时的作品，所以，讲的也并不是很遥远的事情。我记忆中的今户风光，与一家叫"有明楼"的饭庄分不开。那家饭庄位于今户桥的北边，山谷堀附近的隅田川②对岸。当时的饭庄，也就是一栋两层的小楼，孤零零的，周围也没有别的房子。我记得当时的有明楼还不是饭庄，而是泽村宗十郎先生的私家宅子，有一条小路通往那里，完全没法与现在的样子相比。大正年间，村落的规模很小，一片凄清冷落的景象。这与后来荷风先生在他的名著《隅田川》中描写的明治时代的景象或许有点出入。不过，他的这部中篇小说是在关东大地震之前写的，再加上住在那里的都是一些比较保守的人，估计即便有变化也不会很大吧。

"四处走走，只看到几家卖'今户烧'③的店铺。居民人家也与其他偏僻地方一样，一排排低矮的房舍挤在小巷之间。在屋檐下，

---

① 山谷堀：指日本东京都台东区、隅田川的今户至山谷的一条沟渠。可以乘山谷船，走水路前往新吉原的妓院。
② 隅田川：日本河道名称，从东京都北区的岩渊水门与荒川分流，注入东京湾，全长23.5千米。沿途有新河岸川、石神井川、神田川、日本桥川等支流注入。古代亦称墨田川、角田川。
③ "今户烧"：15世纪中期起源于日本东京都台东区今户的素陶瓷器。

在路边上，人们穿着浴衣边乘凉边聊天。暗蒙蒙的屋檐灯光把浴衣的颜色映照得愈加净白。四周静悄悄的，夜色中，唯有狗的叫声和婴儿的啼哭声。"

这就是荷风先生描写的今户夏天夜间的情景。虽说年代不同了，可与我的记忆是大致相同的。因此，读着这样的文字，自然也会勾起我少年时代的回想。

再看看现在的今户吧。那些拥挤在小巷里的棚户已经不见了，以前河边上的几幢漂亮的别墅也被拆除了，地面被平整得平展展的，给人一种静寂寥落的感觉。原来有明楼的地基上，现在建了个游泳池，沿岸是一片绿色的草坪。所以，就像荷风先生所写的那样："两三个路人站在房子前面，听着里边排练滑稽戏净琉璃①所传出来的配乐声。"那种封闭而杂乱的今户小胡同已经不见了，展现在眼前的，是一条现代化的沿河大道。突然，一辆五十年代产的崭新轿车从我面前疾驶而去。

现在的年轻人可能没有什么印象了，但老东京人对"今户烧"这种粗瓷器是很有感情的。据古籍记载，天正年间，移居武藏石滨的下总千叶氏家族的后代，有许多的家臣定居在石滨与今户。后来，他们就做起了砖瓦石器的生意。贞享年间，有个名叫白井半七的土器工人烧制出一种供茶道用的土茶炉。从此，人们就称他为今户的土茶炉师傅。所以，"白井"这个姓氏，在今户也算是名门了。相传，现在当地的"白幸"这个姓氏，就是过去"白井"家族的分支。所以说，这个白幸家族应该是与白井半七有些关系的，但详细的情

---

① 净琉璃：日本说唱叙事表演，通常使用三弦伴奏。

况也已经无从考证了。白幸家店铺里的货物主要有招财猫、线香、三社祭①用的土铃、狸子、大黑天财神、成对的供神酒壶等，都是一些很常见的民间工艺品。除此之外，还有一些电炉、电热器等现代用品。店里的商品种类繁杂，没什么特色可言。但周围也没有其他的店铺，独此一家。为了生存，就得尽量去满足人们的需求吧，也是顺其自然的意思。

"你这里还有那个樱花花瓣图案的铁壶吗？"

我忽然想起家里火盆旁边放着的今户烧的铁壶。

"我们已经很久没有做了。那个东西是不错啊。"

老板白井先生好像也非常惋惜的样子。

"您看这个小狸子怎么样？"

"这可是一个储钱用的小狸子，后背上还没有来得及打孔呢，五元钱怎么样？"

这个年代哪有这么便宜的东西啊！这小狸子虽然说是半成品，可摆在那儿作为观赏用也十分有趣啊。这个价钱也就算老板的一份诚意了。

白幸店铺与派出所之间有一块空地。一个原来用于烧制陶器的窑，就像祭坛一样被人们遗弃在那里。今户桥与吉野桥之间的山谷堀风景保留得还算不错，走近看各处都是挂着"钓鱼船"招牌的船家民宿。一旦涨潮，货船就会漂浮起来，船的檐篷就能升到与河岸差不多的高度。

①　三社祭：日本东京都台东区浅草神社每年5月份举行的例行祭祀活动，是神社一年当中最为重要的祭祀活动。

这种景象好像一直都没有变化。但今户毕竟经历过战火，人工河边万籁俱寂，真让人难以相信这里还是东京的地界。过去这一带可是鼓乐齐鸣、热闹非凡啊，据说，就连河水里也流淌着粉脂的香气。

说到山谷堀的艺妓，当时，我外公家里有客人时，就会招艺妓们来捧场。那时我已经懂事了，记得每次招来家里的一般都是那么几个熟识的艺妓。

在这些人当中，有一位名叫柳桥的中年艺妓。那位名叫松次的，除了待客之外，也会经常来看外公，与我们家里人也走得很近。她与我父母的关系也不错，所以也会经常来我家。即便是在她晚年隐退之后，也没有断过与我家的来往。松次去世前，还对我说过，她在年轻时看到过成岛柳北[1]在酒馆喝酒的情景。细数起来，老太太也算是长寿了。在松次还是雏妓的时候，有一位叫 sokuhei 的艺妓一直带她。我只知道这个名字的读音，并不知道汉字怎么写。这个有着不同寻常名字的艺妓，与我外公的老师松本良顺[2]也常有往来。松本良顺也非常欣赏她。sokuhei 去世后，外公就继承了老师松本良顺的交情，十分宠爱松次。山谷堀那里的艺妓都是多才多艺的，sokuhei 是精通一中节的，松次作为 sokuhei 的徒弟，也很早就开始学习一中节了。当代的菅野序柳是松次的长子，与我也是从小的伙

---

[1]　成岛柳北（1837—1884）：日本江户时代末期的幕府将军的侍读，文学家、新闻工作者，曾任《朝野新闻》社社长，著有《柳桥新志》。
[2]　松本良顺（1832—1907）：从江户时代末期至明治时期一直是日本的医师（御典医、军医）、政治家、男爵。1871 年以后改名为松本顺，号兰畴、乐痴。

伴。除了序柳以外，两国①绘草纸屋②太平的儿子——松本幸修也是我童年时代的朋友。幸修是独子，从小就被溺爱着。可惜，他从明治学院中途退学后，没多久就夭折了。幸修的祖母年轻的时候曾在福井的领主府做过丫头，听说也是一位美人。可在我记忆当中，老妇人一直都戴着眼镜，我并没有感到她有多么的漂亮。当然，这位祖母是特别疼爱幸修的。

上中学以后，我就搬到浅草左卫门町的姑姑家里住了，在姑姑家生活了五年。松次与姑姑的关系也很好。她经常派一个名叫蝶之助的雏妓妹妹来姑姑家办事。中学时的我也很喜欢这位蝶妹妹。

当时，我正在读从幸修那里借来的荷风的中篇小说《隅田川》，而且对书中的人物长吉③怀有憧憬。有一天，蝶妹妹扎着围裙，穿着一件便装到姑姑家来办事。我想机会终于到来了。等她办完事情，我就拉着她乘电车去了吉野桥。下车后，我们并肩走到山谷堀的今户桥。其实，这也没什么。可后来，蝶之助还是把这件事情告诉了松次。松次又把这事一五一十地对我姑姑讲了。

知道这事情以后，姑姑痛骂了我一顿。从此以后，蝶妹妹就再也没来过。说实在的，这段让人心酸的记忆，就是我觉得此地倍加萧条寂寞的主要原因吧。

在东京，能够令我怀想的地方，还有从圣天桥到今户桥之间的山谷堀。虽然这一带也大部分都被烧毁了，可幸运的是，山谷堀的景

---

① 两国：位于日本东京都中央区、墨田区两区的两国桥一带。
② 绘草纸屋：日本江户时代出版发行学术书籍、宗教书籍以及浮世绘等的书店。
③ 长吉：日本著名作家永井荷风中篇小说《隅田川》中的主人公。

色依然保持了原态，山谷的河流一直流到隅田川。吉野北边的河水，在流经峡谷之间的家家户户之后，便一路向着遥远的音无川流去。

站在吉野桥的桥头，能够俯瞰山谷堀一如既往的旧时景观。相反，北边吉野町一带的南北路却是面貌一新，让人感到惊讶。夜里的灯光照亮着一个个招牌，到处都是旅馆。听说，现在已经很少有游客在那里住宿了。这一带既不靠近车站，也不是什么交通要道，哪会有多少旅客在这里住宿？那么，这些民宿又为什么会存在呢？说来也很有意思。因为在东京，每天早上和晚上都有许多喝酒喝多了回不了家的人，对于这些人来说，怎么可以没有休息或是住宿的地方呢？所以，这个地方就开了许多的旅社。可想而知，东京全城该有多少类似的旅社。

说到这里，就让我来说一说今年春天听到的那个故事吧。

四月七日晚上，我的一个朋友喝完酒后来到了新桥站。他是位历史专业的教授，平日里性格特别沉稳，颇有君子风度，可只要一喝酒，就会立刻变成另一个人，兴奋异常。而且，他喝起酒来还没完没了。那天晚上也是如此。路过广场的时候，心里就惦记着要去狸小路那边常去的酒家。这时，突然有人过来跟他搭话，道：

"大哥，您这是要去喝酒吗？干脆带上我吧。"

我的那朋友回头一看，原来是个二十一二岁穿着夹克衫的青年。要是平常的话，就不会理睬了。可那天他喝多了，很兴奋，也就没想那么多，领着那个"小伙子"就一起过去了。进了酒馆仔细一看，这青年好像有点不大对劲儿。细皮嫩肉的，模样儿挺风骚的。我的朋友就问他：

"你真是男人吗？"

"小伙子"眼神忽闪了一下，笑着反问道：

"您是在问我吗？还是没看出来？我是女的呀。"

那个"小伙子"回答得非常干脆。我朋友也就跟他聊了起来，问她现在是不是流行男妓。假小伙儿觉得我的朋友在怀疑她，就抓住我朋友的手，在她自己的脸蛋上、脖子上摸了一遍，证明自己没有喉结。最后，干脆就把夹克的拉链拉开，让我的朋友看她的胸部。只见她胸乳丰满，十分性感，确证无疑是个女人。二人一番纠缠，竟忘记了时间，不知不觉就错过了去涩谷的最后一趟电车。我的朋友就只得打车去车站。没想到就在此时，那个女子从后面追了上来，而且身边又多了两个同伴，看上去也是女扮男相。这样，我朋友也就放松了，答应她们搭自己的车一起走，还把与出租车交涉价钱的麻烦事交给了那三个女子。这时，我朋友听到有人在说：

"把我们也一起带走吧。"

眨眼间，又有两个年轻女子一头钻进了车里。这下倒好，车里一下子就坐得满满当当的。

车里挤得让人喘不过气来。我的朋友透过车窗往外一看，好像看到了路边的三越百货商店，吓了一跳，忙问司机道：

"这到底要去哪儿呀？"

司机傻笑着，一声不吭。

"哎呀，别管那么多了，今夜我们就一起住吧。"

车里的一个女子这样回答我朋友的问话。

"别胡说了。六个人一起住啊？去哪儿住呢？"

"难道你不知道吗？一个人住与六个人住，其实住宿费都是一样呀。"

出租车开上了浅草桥，一路朝北疾驶而去。

"不行，你是说去住那些破民宿吗？"

"不是的。条件还算可以呀。"

刚才提议的那个女子接口道。

就这样，一路上闹哄哄地说来说去，出租车已经过了吉野桥。车往左侧一拐，便停在了一家旅馆的门前。我的朋友知道自己今天肯定是回不去了，就乖乖地跟着这三个女扮男相的青年和两个女青年进了旅馆。六个人住了间八叠①的榻榻米房间，并且还有说有笑地乐成一团。那三个女扮男相的果真是女孩，而另外两个女孩打扮的却是男人。也就是说，这天夜里住在一起的这六个人当中，有五个性别都是与扮相不相符的。说到底，货真价实的男人只有一个，也就是我的朋友。不过，面对这样的场景，我的那个朋友大概对自己的平淡无奇感到有些羞愧了。

就这样，六个人在一个房间里过了一夜。第二天，就在我的朋友要回去的时候，他们又要带他去外边的食堂吃早饭，而且手里还拿着食堂的饭票。没办法，我的朋友也就只得一切随他们的安排了。吃完饭后还是不肯放过他，说今天是四月八号，大家一起去看战后首次的花魁游行吧。距离花魁游行的时间还早，一伙人就跑到附近的公园里观看了一场"脱衣秀"表演。最后，终于看到了那些戴着满头假发的奇妙的游行表演……就这样，六个人混在一起，吵吵嚷嚷的，一直消磨到傍晚分开。

---

① 八叠：日本面积的计算方式，一叠为 1.62 平方米，八叠的房间大概是 12.96 平方米。

听完这个故事，我总算明白了——原来，那些灯光灰暗的旅馆，是这样把生意做火的。这就是吉野町一带目前的状况，这个世道都变得让人认不出来了。譬如，现在要是有人打听过去道哲^①去向的话，反而会被认为是装假正经。

南千住回向院^②被战火烧毁后，留下来的只有在刑场废墟上建起来的地藏菩萨和佛堂。佛堂前面有一所巴士站，从这里可以坐车去竹之塚和西新井。过了千住大桥，来到中组附近，就十分偏僻了。望着眼前的景象，我又开始放飞自己的思绪。我想，少年时代的森鸥外大概经常在这一带出没吧。据记载，鸥外与他的父母弟妹都曾经在千住住过。想必明治初年，这里的景观也许与现在有很大的差别。从这里再往北走向左转，就能看到柳町的街道了。这里曾经有"天然妓院"之称，现在却起了个"柳新地"的漂亮名字。我想，少年时代的鸥外先生大概没有来过这个地方。如今，战争结束了，社会制度也改变了，可这里依然还是妓院的世界。

柳新地这片妓院区，地形是长方形的，妓院的后面就是住宅区。这些战前的房子又矮又暗，是老东京最破旧的民居。房子里一天到晚蚊子乱飞，百姓们就生活在这种脏乱不堪的环境里。"游廓"是以前对妓院的称谓，现在的人们再也不会那么叫了。这里也与其他地方的妓院一样，表面上都会装修成咖啡馆的样子。因为这一带

---

① 道哲：日本寺庙的俗称。据统计，日本古代江户吉原的妓女大约有3000至4000人，地位低的妓女占半数左右。而这些妓女死后属于"无缘佛"，她们就只得向寺院供奉金钱。

② 南千住回向院：位于日本东京都荒川区南千住五丁目的寺院，过去为两国回向院的别院，现在正式的称呼为丰国山回向院，也称小塚原回向院。

的房子老旧，所以室内的结构与陈设也都是老式的。

在这块长方形的区域里，共有三条道路，另外还有几条小巷子，最热闹的要数中间的那条路。虽说房子破旧，样式也过时了，但只要用装修材料将外表做新，看上去也就与咖啡馆相差无几了。

还有一处热闹的地方，人称"柳庄公寓"，也是一家妓院。不过，它并没有像那些假咖啡馆那样用装修去粉饰外表，而是赤裸裸地保持了公寓的原样。这幢老旧的住宅周围的空气仿佛都沉闷了许多。从正门往里看，长廊深处好似一个深深的窑洞，两边有好几扇白色的纸拉门，右侧的盆栽旁边点着一盏石灯笼，还有那些落伍的家具也仿佛是在给老房子支撑门面。当然，这种情形其实不只是柳庄公寓一处，例如"大进""三日月""幸运之星"等"咖啡馆"，其实也都如此。一旦表面的装饰材料剥落了，立刻就会暴露出它们的真面目。这种情形现在在东京几乎已经看不到了。

妓女们的打扮和其他地方的没什么两样。踩着趿拉板，身着连衣裙，站在路边拉客。可她们与新宿、吉原一带的妓女相比要内敛一些，语调当中还夹杂着方言土语。而这种土里土气的模样，又恰好与这里的氛围相匹配。

听说这里有一个名叫水岛的小伙子，他弹着吉他在各家酒馆之间巡回演唱，女孩们对他也是刮目相看。曾经有个小伙子对我说过，女孩们还劝他以后要学水岛的样子，说水岛才是有出息的。小伙子苦笑着，无奈地摇了摇头。

从池袋①到板桥②

　　我已经很久没有沿着"山手线"③观光了。崭新的城市风光真的令人耳目一新，使我感到非常吃惊。但城市的快速变化，随之也带来了"山手线"沿途车站的种种不足与缺陷。我觉得，城市的快速发展，必须同步考虑沿途车站设施的更新，否则，这种明显的不协调，就会变成一个城市的"硬伤"。池袋车站就是一个很典型的例子。

　　池袋车站前的空地变成了一处名副其实的广场。花坛里种满了高大的棕榈树，遮挡住了人们的视线。傍晚时分，商店街五彩缤纷

---

① 池袋：位于日本东京都丰岛区，以池袋车站为中心，是东京都的副都心区域。

② 板桥：日本东京都原中山路横跨石神井川的桥梁。桥名是根据当地的地名"板桥"而来。

③ "山手线"：东日本旅客铁道（JR东日本）运营的铁道路线，路线名称为"山手线"，从东京港区的品川车站出发，经过涩谷站、新宿站、池袋站，到达北区的田端站结束，铁道路线全长20.6千米。

的灯光，加之各种闪着霓虹灯光的广告牌，将整个夜空照得亮如白昼。森永制果株式会社、协和银行、新东京大厦，还有日活电影院、东阳电影院……各种现代化的建筑闪耀着夺目的霓虹色彩，将这片曾经十分荒凉的地方变得热闹非凡。相比之下，车站的轮廓在这些耀眼的灯光下显得非常模糊，以前的那种气势早已淹没在如今热闹的氛围之中。车站就像一个年迈体弱的老太太，而四周迅猛的变化，如同突然插到老太太头上的一朵鲜花，既显得滑稽，又很不协调。

原先车站前的广场上，还有大量的露天店铺，把一个好端端的广场弄得乱七八糟。虽然，车站的前面也贴出了"不得铺设货摊"的告示，可按他们的说法，这些可移动的货摊都带着木轮子——作为小轮车，并没有违反当局的规定。露天店铺是敞开式，没有挂门帘。说实话，如今的那些店铺门帘都制作得十分粗糙，挂与不挂其实也没什么区别。还不如就像这些露天店铺一样敞着门，里里外外看得一清二楚，倒是更加痛快。过去的店铺门帘能够阻隔外面的嘈杂声音，客人走进店堂，立刻会有一种安静和温馨的感觉。而现在的门帘制作得如此单薄，哪里还能起到这样的作用？说到底，他们这样做并不是为了节省布料，而是便于店里的姑娘们拉客。姑娘们一边在里边应酬客人，一边还要大声地喊着拉客，还要用眼神勾引那些路过门前的男性。大概是考虑到来这些露天店铺喝酒的客人一般都是平民阶层，也不会在意店里的卫生和氛围，所以，这些单薄的门帘也就应运而生了。可以说，池袋车站前的那些装着木轮子的移动式店铺，与这些露天店铺大同小异。广场上散发着关东煮、烤串儿、炒面等各色小吃的味道，吸引着游人们的目光。露天店铺门前排着长队，那些馋不可耐的顾客正伸长脖子，查点着自己前面的人数呢。尤其受欢迎的是炒面，店家借鉴铁板烧的做法，用热辣辣的油炒出来的面条既好吃又便宜……这种杂乱无章的场景，都是以前旧车站的真实写照。如今的新车站就再也看不到那种混乱的景象了。不仅是建筑物的外表和店铺里的商品干净了，就连站前棕榈树旁边堆放的建筑垃圾，还有众多的妓院也都被收拾得干干净净。

想当年，东京电车的终点站是帝国银行，要是沿着这个方向一直往里走的话，夏天还能够看到玉米地，听到风吹着玉米叶子发出的声响。这时，还有一对对男女相拥着往玉米地里走。女人们手里提着大包小包，里边装着毛巾之类的日常用品。现在，帝国银行也已被霓虹灯装扮得焕然一新，角角落落的路边上也都铺上了砂石，玉米地上拔地新起了高楼大厦。这与之前的那种田园风景已经完全不能同日而语。那些萍踪不定的女人们，也全都不见了踪影。现在，站前那些身穿绿色大衣、肩挎漂亮小包的女子们，追求的对象也已经不再是日本男人了。一年前，警方已经把那些在帝国银行周围徘徊的妓女们赶走了。要是沿着那条摆满擦皮鞋摊点的坡道一直走下去，走出地下道，就是车站的西出口。在西出口的左边，新开张了一家连带地下室在内共有五层的东横百货商店。这里不仅仅是百货商店，还是东上线的车站。车站里面刚修好的圆柱子，就如同用无数罐头盒堆砌起来的宝塔一般熠熠生辉。人流络绎不绝，有些人出了车站就往地下道走，有些人在排队等候去往町方向的公交车，当然，还有许多人直接奔小巷子里的酒馆而去。

公交车站的周围非常热闹。商店灯光如昼，琳琅满目的商品堆满了货架，给人一种活力满满的感觉。既有逛街的人流，也有路过的人群，而周围的环境就像站前的商店街一样干净而又整洁，足以抹去池袋以前脏兮兮的污名。那么，要是离开公交车站，进入侧旁的小巷子又会是什么样子呢？原来，公交车站两侧的巷子里也到处都是小酒馆。我想，开了这么多小酒家，竞争该有多激烈啊。

赋税那么重，在同一个地方开这么多饮食店，真是让人佩服不已。在这些饭馆当中，既有快餐菜馆，就是那种站着吃饭的小吃店，也有中华料理店，是可以坐下来品尝美味的地方。真是丰富多彩，人头攒动啊。这些小巷子都有自己的名称，譬如"惠比寿小路""常盘小路""和平小路"等。沿着这些小巷再往里走，就能看见几家破旧狭窄的小酒馆。这些小酒馆与那些好听的小巷名称相比，就显得太寒酸了。我去过常盘小路边上那家叫"江户家"的小酒馆喝酒。小酒馆旁边还有一座小电影院，对面是一家名叫"寿寿屋"的旧衣收购店，再就是菜摊子、租书铺、五金店等。"省线"①以及"东上线"的电车一到站，下车的乘客就会接连不断地往这些小巷子里面走。人群里大多数是下班族和学生，他们有的人还会站在卖花生、卖巧克力、卖草莓的摊前看上几眼，接着又匆匆赶路。小酒馆里都会有女人，我说的这家店也不例外。要是四五个人一起走进小酒馆，就会显得拥挤不堪。而店堂里却总是有那么两三个女人挤坐在那里。

"这位先生，我好像在哪见过您？"

无疑，这是一句老套话。

"我们这里的酒馆都还不错。不过，听说东横百货商店那边的更好。"

在我旁边坐着的一对男女，好像是当地人，互相在点头打招

---

① "省线"：指 1920—1949 年之间日本的国营铁路电车，相当于现在的"JR 线"。

呼。这样说来，也并非完全是空穴来风。池袋有一个被人们称为"杀人小巷"的地方。据说，要是走进了这家店，弄不好就会遭到一顿打，而且还会把当事人身上穿的、手上戴着的一抢而光。其实，并没有人知道这家店的具体的地址，人们只是把它当作一个茶余饭后的话题说说罢了。

人们常说，凡是有阳光的地方，就会有阴影的存在。池袋一带有些不尽人意的缺陷，原本也是正常，我们不必强求，把问题搞得很复杂。当然，每个人的看法不同。有的人想法单纯些，有的人想法就要复杂些。像我，就是想法比较单纯的人。

那么，就让我们再去探究一下那些不尽人意的地方吧。

走过美宝堂钟表店那炫丽热闹的门口，向左拐进一条无名小巷。巷子虽说狭窄，可也算热闹。巷子很短，迈不了几步就到头了。走进巷子，就有一种安静的感觉，仿佛将大街上的喧闹甩到了脑后。再往前走，巷子的右侧是家房地产公司，玻璃门上贴满了花花绿绿的广告招贴。左侧并排着几家简陋的小酒馆，在微明的光影里，几个女子好像在等待着什么。明眼人一看便会知道她们干的是什么勾当。这些女子虽说只是给从酒馆出来的客人拉皮条的，可接下来她们会做些什么，就只有她们自己心里才清楚了。

拐过美宝堂钟表店的那个街口，再往前走，就会看到一条人来人往的胡同。在胡同口有一家肉店和一家荞麦面店铺，在这两家店铺的右手边也是一条小巷子。但这条小巷子与前面那些低矮的棚户街不同，显出一种阴沉沉的气氛。虽说它紧挨着繁华的大街，也有熙熙攘攘的人群，却不知为何总是给人一种阴郁贫贱的感觉。

巷子的中央铺着一块块木板，木板下面是下水道的沟渠。我小的时候，东京家家户户之间，也是通过这种错综复杂的小巷子相连接的，下水道的沟渠上也都盖着木板。可现在这里的木板却要长得多、宽得多，就好像一条木板的栈道。走过这些木板路的时候，脚踩在上面感觉有点摇摇晃晃的。小巷子的两边挂着一盏盏红灯笼，那是连成一片的正在开门迎客的小酒馆。在酒馆与酒馆之间，还能看到普通人家的住宅。昏暗的屋檐下，只见一位披头散发的老大妈正蹲在煤炉边摇着扇子。随着她扇子的摇动，煤炉里升起淡淡的火焰，弥漫四散的烟气呛得人直想咳嗽。依旧是人来人往，没有喧嚣吵闹声，却也显得死气沉沉，头顶上仿佛笼罩着一片惨淡的愁云。

"这位先生，您来我这儿喝一杯吧。我们这里很便宜的，许多酒都打折呀。"

一家酒店的门前，站着个穿着毛衣的圆脸女人，还有个穿着土气的女孩，正在拼命地招徕客人。看见有人路过门前，店堂里的老太婆连忙拉开破旧的玻璃门，露出一张刁滑奸诈的脸，殷勤地招呼道：

"您就进来喝一杯吧。喝完了就把她俩带走呗。她俩平时可是不接客的哟。身段也不错，没什么病。100 块钱怎么样？旅馆费都算在里边呢，总算可以了吧？"

池袋虽说表面上看起来干干净净的，可背地里还是有些女人藏在阴暗的角落里——一年前那些在车站前的木材堆上坐着的女人们，那些曾经在帝国银行周围转悠的女人们，现在只是变换了地点，依然在池袋的小巷子里徘徊着，寻找着卖春的机会。从热闹的池袋来到板桥，你会感到清净许多。从板桥五丁目或区役所[①]前面

---

① 区役所：日本东京都的特别区、政令指定市的区处理区事务的政务机关。

的都电①停车站往右拐，就到了旧中仙道，这一带以前也是有名的"红灯区"。现在虽说依然是个热闹的地方，但与池袋那边人声鼎沸的繁华景象相比，这里就要安静多了。

再说别的妓院旧址，例如吉原、洲崎、品川千住等，都是在战后重建过程中再次繁荣起来的，而且各具魅力。唯有板桥，就连一家特殊的"咖啡馆"都没有建，而是依托"三业地"②重振了当年的雄风。

在中仙道板桥的妓院区，我曾经看到过一个笑话，说起来也并不是那么遥远的事情，大概在大正年间吧。我就读的中学在神田尼古拉堂的最下边，由于地震后街道面目的变化，现在已经记不得当时的样子了。那所中学的校园，大概也算是整个东京最肮脏的了，可这里的任课老师却都是顶呱呱的。在学校每年举行的例行活动中，有一项是六月一号的马拉松比赛。起点是巢鸭车站，终点是大宫的冰川神社。这个活动一直持续到现在，已经有数十年的历史了。据说，现在的起点改成了户田桥，距离缩短了许多。有些爱偷懒的学生就把马拉松比赛当作了徒步旅行，我当然也是其中的一员。不管是跑马拉松也好，还是远足也好，学生们都必须路过板桥生意兴盛的妓馆区。

---

① 都电：指日本东京都依据地方公营企业设施条例、东京都电车条例授权东京都交通局经营的路面电车。
② "三业地"：这是日本东京都旧时色情行业发展阶段的一种特殊业态。原先的"花街"是指艺妓店、妓女店集中的区域，也称之为"花柳"。日本政府1957年颁发《卖春防止法》之后，将酒馆、色情中介店铺、艺妓的妓馆统称为"三业"。所以，"三业地"也就成了"花街"的代名词。

夏天早上的七点多钟，正是妓女们送客的时间。妓院门前，妓女们身穿衬衫，懒洋洋地站着看热闹。看到我们的队列经过的时候，有的妓女还会怪声怪气地向学生们起哄。学生们也会开玩笑回应她们。看到双方在演闹剧，有位绰号叫"甲鱼"的老师就会大声叫嚷："往前看！都往前啊！"但场面已经乱成那样了，谁还会在乎他的喊话呢。其中，最感到头疼的，要数田边元和原田淑人这两位年轻老师了。

　　田边是我们的英文老师，原田是我们的历史老师。田边老师上课尤其严谨，就连一画一字都不会出错。相反，原田老师就比较活跃，有时还会将李杜韩白的诗写在黑板上，带着学生欣赏名人诗作的文学趣味；我们还去过位于小川町天下堂后面的原田老师的家里，狼吞虎咽地吃了他家许多零食。田边老师是一个非常认真的人，要是偷懒不好好背书的话，别想过得了他的关。这种严厉的责罚，在今天看来还是很管用的，可当时心里是非常抵触的。田边老师是一位认真的人，对自己的外号也特别在意。还记得在课堂上读到某个单词时，他会夸张地拖长尾音，反复领读，逗得哄堂大笑。老师有些不高兴了，说："我不管在哪个班上课，只要读到这个单词，大家就都会笑话我。你们告诉我，我的绰号是不是这个单词？"老师，要是您还记得这件往事的话，请允许我衷心地向您道歉。另外，我还想告诉您，其实，我们从来都没有给您和原田老师起过绰号。

　　再聊聊现存的板桥宿①旧址吧。那里至今还有两三栋妓院老楼保持着原貌。当时，在板桥名声最为显赫的妓院，应该就是"新富

---

① 板桥宿：本江户时代发展起来的带有驿站的村镇，在东京中山道沿线。

士"的那栋三层楼房吧。现在这栋楼房已经改建成了东京都的医院，但没有进行任何的粉饰，依然保持着原有的样子。"川越屋"现在也已经改成了金门金属股份有限公司的职工宿舍。曾经是燕语莺啭的风月场所，现在却成了纯情少年们的休闲空间。不难看出，"川越屋"二楼栏杆的设计带着鲜明的明治时代的风格。

战后，以前那些著名的建筑物大多已经被烧毁了，所以，幸存下来的就很值得一看。不管是从建筑学的角度，还是从风俗学的角度，将来都是必须设法保护的文物。在兼做饭庄生意的"待合茶屋"①当中，有家叫"喜内古家"的小酒馆。类似这样名字古怪的"茶屋"，即便在整个东京也是很少见的。另外，大马路对面有家寿司店，店招上写着"宝寿司"几个字。据说，这家店名是出自宝井其角题写的词句："清风送爽意，美味香飘千万里，最是宝寿司。"这家店铺与喜内古家一样，也是原来板桥宿的一处旧房子。这些老房子，用的建筑材料都不可能像现在的这么廉价，黑漆的梁柱还散发着光泽，给人一种安逸舒适的感觉。门楣的装修也绝没有任何的奢华，可走进房间，却是那样宽阔舒畅。这种设计思想与现代人们的审美观恰恰是背道而驰的，而它的魅力又不得不为人们击节赞叹。据说，旧时候，喜内古家的料理也是最高档的。如今亲眼看到这些充满魅力的建筑物，我亦深以为然。

在东京，当时这一带的艺妓的数量相对比较少。据说，在战后的一段时期，最多的时候大概有七八十人，前些年只有四五十人，现在大概只剩下二十人左右了。这些艺妓分散在六家"待合茶屋"

---

① "待合茶屋"：旧时日本专门提供给客人招妓娱乐的小酒馆。

和几家料理店里，大概也够用了。

有意思的是，这二十多个艺妓全都住宿在新成田山的"不动庄"公寓里。不动庄是艺妓们的专用公寓，只要"待合茶屋"或者料理店接到了生意，她们就会立刻前往应酬。这二十多人还成立了一个名叫"板桥艺妓公会"的组织，会长的名字叫青木清，年龄大概在二十五六岁左右。

"最烦人的事情莫过于交税了。这哪是我能干得来的呀！"

青木嫣然一笑，对我抱怨道。

可以说，她是个称职的"会长"，可一旦进入艺妓的角色，瞬间变成了"浅香姐姐"（艺妓青木清的艺名）了。她的这种景况，实际上也是这一带众多艺妓的缩影。铃千代、道子、清香、奈奈子、爱子等都是如此。她们按照既成的行规行事，每到黄昏的时分，她们就会前往新成田山或"花之汤"沐浴。然后，坐在住处的镜子前打扮自己，做好各种准备，以备随时应酬客人。

"您猜猜，除了税务方面的事情以外，会长还要做些什么？其实，姐妹们也没什么可以着急的，正月也好，盂兰盆会也好，大家都不会闲着的。"

作为会长的她，兴致高昂的时候，也愿意跟我聊聊妓女们的经济情况。

"其实，这一带的生意也不好做。你看不远处就是池袋。还有最近吉村那边也新建了不少工厂，附近也开了不少温泉旅馆。生意都被别人抢走了。"

我想，她是会长，操心这二十多人的生计问题，原本也是她的职责范围内的事情吧。说到底，这些艺妓当中，至少有一半的人是有经济后援的。如果在后援团中，有少数人不守信用、不信守协议的话，就会使一些妓女经济上遭受损失，陷入困境。那样的话，这位善良的会长又能帮着做些什么呢？其实，我最想知道的就是这些信息。可青木会长秘而不宣，始终保持着她那迷人的微笑。

我想，"艺妓公寓"这样的绝妙素材，一定会成为作家们创作小说的首选题材。

从穴守到川崎

　　如今，东京与世界的连接既不是横滨，也不是神户。诚如您知道的那样，羽田机场才是日本连接世界的最重要的空中通道。我记得曾经有人说过，东京湾的海水是一直流到英格兰的泰晤士河的。可现在又不是划船渡海的时代了，这种说法未免有些过时。当今的世界，交通越来越便捷，用不了一会儿就能飞到夏威夷、威克岛、旧金山、巴黎、伦敦等地了。如此，还不如说东京的天空是连着伦敦的天空更为恰当。现在的羽田机场是一个充满活力的地方，也可以说是一个现代化步伐快速的地方。它虽是一块弹丸之地，却已经毫无疑问地成了日本的"千里眼""顺风耳"。它既可以把道奇兄弟转败为胜的经济理念带进来，也可以把那些装扮奇特的外国女明星请过来。羽田的这对"眼睛"所看到的景象虽然千差万别，善恶美丑兼备，可都是一些货真价实的东西，都是日本现代化进程中不可或缺的东西。

在京滨国道上行驶十多分钟，再往左拐，不久就可以看到日本的这双"眼睛"了。当然，这双眼睛里并非一点阴霾都没有，不过也不是很浑浊，只是或多或少有那么一点瑕疵，令人不吐不快罢了。也许，有的人对我这样的说法会感到有些意外。可只要看到机场周围那些简陋的房屋，以及污浊泥水，就立刻能够理解这"瑕疵"的含义了。我衷心地希望日本的"眼睛"是一对清澈澄净的明眸，更希望她秋波闪闪、妩媚动人。这样，她就可以充分地展现作为观光大国的日本的魅力了。

发动机在天空轰鸣，飞机在空中悠然地飞行，而在机场的一个角落里，孤零零地耸立着一座（神社的）牌楼。那里已经不是什么神社了，也没有任何的祭祀活动，只是一座空荡荡的牌楼——这就是穴守稻荷[①]的旧址。

对于东京人来说，"穴守神"是令人怀念的。说起穴守神就会想起金子脆饼、横山脆饼这些著名的糕点。孩子们跟着大人去神社参拜时，就能吃到这些嘎嘣脆的点心，吃饱了肚子就在回家的车里呼呼大睡。这并不是因为过去的孩子比现在的孩子懒惰，而是从穴守到川崎参拜的路程实在太长，来回需要整整一天的时间。

金子脆饼也好，横山脆饼也好，都不是什么讲究的糕点。这些脆饼店铺用店主的姓氏冠名，产品的味道也都大同小异。就像人们参拜杂司谷的鬼子母神的时候能吃上烤鸡肉串，参拜堀之内的时候

---

① 穴守稻荷：位于日本东京都大田区羽田五丁目二番七号，人称稻荷神社，距离东京羽田机场两千米。

能吃上"能平煮"①一样，参拜穴守的时候，也一定不会错过这里的脆饼。其实，到穴守吃脆饼，一直以来就是老百姓们的老规矩。现在的一些人对这样的"老规矩"会抵触和反感，我却认为，这些"老规矩"所体现出来的，就是一种特有的人情味。更何况，这也是一种民间习俗，并且还蕴含着特有的文化价值。

原有的神社在建设机场的过程中已经成为废墟，留下的只是一座牌楼而已。准确点说，这里已经不是原来的穴守稻荷。所以，金子脆饼和横山脆饼也就随之消失了。你想，就连神社都消失了，哪还会有什么脆饼？这也是为了修建机场，让日本的这双"眼睛"具有更加开阔的视野不得已而为之的。后来，穴守稻荷暂时被移到了八云神社。一直以来，穴守都是东京的名胜风景地。虽然由于战后重建的需要，迁移神社是不得已的事情，可也真是有些对不住神灵啊。所以，机场开张不久，就传出了这么一个与穴守相关的笑话。说是有一个飞行员对上司诉苦，说自己从万里远的地方飞回来，快要降落的时候，隐隐约约地看到有白狐在跑动，因而心里感到忐忑难安。这个飞行员与他的上司都不知道穴守这个地方的来历，更不知道那个神社旧址的存在。听了飞行员的诉说，上司经过调查得知，穴守神社因为机场建设被拆毁，一直都在忍受着委屈。于是，他就赶紧换地方新建了一座神社。这样，那个孤零零的老牌楼就被留在了机场。一旦把它挪走的话，可能会惹起麻烦，也就没有人轻易去触碰它了。这才导致了今天荒凉寂寥的现状。

---

① "能平煮"：日本的一种乡土料理。做法是将切成长方形或者小方块的芋头与蘑菇、银杏、竹笋等一起炖煮而成。

那么，还是让我们去新神社那边看看吧。新建的神社在距离机场不远的一块湿地上。前来参拜的人们必须在稻荷桥下车，再往前走一二百米。稻荷桥车站前有一块圆形的空地，空地的一边并排着蛤蜊店、杂志店、今川烧店等店铺，另一边则是"日产工业"的围墙。沿着围墙一直走，往左拐，再走几步就是新神社了。虽然这一带都是新开发的土地，可已经很有稻荷神社的气氛了。像"日产工业"这种现代化的企业，一进大门就能看到供奉的小祠堂。与之并排的水道机工公司，大门里面也建了一座小祠堂。在这一带，无论走到哪里，几乎都是这样的布置。从大道的右侧拐向新神社途中，到处张灯结彩，一排排的红柱子上挂满了"献灯"①，使人感觉到一种浓厚的神社氛围。可见，那稻荷神社的守护神是多么的阳气旺盛、乐观满满。自从新神社建成后，从工厂到神社之间的那条街就越来越景气，新房子也越盖越多了。可是，这里是一片低洼的湿地，遍地都是污水，腥臭的味道四处弥漫。建房子时遗落的木材刨花也漂浮在水面上，伴随着一些烂菜帮子之类的，真是恶臭难闻。初冬时节，一个阴沉沉的下午，天空昏暗，我正在湿地边上溜达，耳畔突然传来蚊子的叫声，令人心烦意乱；一迈腿，不知道哪里就会冒出让人恶心的污水来；脚底下还随时可能踩到一些黏糊糊的脏东西，真是令人提心吊胆。

红色柱子上的"献灯"，大多是出武藏新田的"特殊饮食店"②

---

① "献灯"：指向神社、寺院奉纳的长明灯。人死后，也在灵前点燃长明灯，以示烧尽一切不洁之物的意思。

② "特殊饮食店"：1946年公娼制度废除后日本政府用以安置妓女的场所。

奉献的，柱子上写着"铃兰""千成""松川"等饮食店的名字。这就是说，许多老店铺都已经搬迁到了武藏新田附近。

红色柱子旁边到处都是水洼坑，枯萎的芦苇在冷风中摇曳着光秃秃的枝干。在那仅剩的水洼地边上，竟然还有人在种植蔬菜。但我估计，这些地块很快也会被平整掉用来新建住宅的。在离新神社不远的地方，有一家名叫"太阳"的制药厂。想当初，建设新穴守稻荷的七百多坪土地，也是这家太阳制药厂提供的。可以说，就是这家制药厂为百姓迎来了稻荷的神佛之灵。神社及神社的内部设施都已经修葺一新，包括周围那些新开发出来的土地。虽说这座神社源自江户时代，是一座很有名的神社，但那种古典的味道却已经荡然无存。说句不恭敬的话，有点像战后出现的那些邪教祠堂的模样，充满了歪风邪气。所以，我在写这篇文章的时候，特意用了"新穴守稻荷"这个词语，也算是匠心独运吧。这里呈现出的新兴宗教独特的味道，使人感到很放肆，很不自量力。譬如，神社旁边有块碑，上面写着"上野志保原女佣：富吉、八重、香"几个字，原本应该是古香古色的立碑，现在倒好，简直就成了一幅脱衣秀的广告牌了。

神社的事务所门前挂着一块"童子军穴守支所"的牌子，给人一种不伦不类的感觉。我觉得，在新穴守稻荷这样的地方挂这种牌子，不仅不协调，而且过于随便。现在的穴守修建得焕然一新，神社里的"穴守神"也是威风八面。俗话说，信则有，不信则无。信神与否，完全是两相情愿的事情。一边是信神的"人"，一边是可供人们放心地去信的"神"。这种关系在过去是一种民俗，具有比较宽松的通融性。现在虽然依然还有民间传承的含义，却让人感到了一种尖锐而又庸俗的压迫感。神社旁边有供祭奠用的"穴守神"祠堂，周围树香清新，朱红色的牌坊是用好几十层的油漆涂抹过的。牌坊矗立在"穴大神"的前面，祠堂的玻璃门半开半闭。在门的一侧，堆满了熔岩一般的石块。石堆的角落里，能够看到一个深深的洞穴。因为位置比较低，所以要想看到里边还要弯腰低头才行。在洞穴的阴暗处，还隐约能够看到一个发着白光的木质"神体"①。其实，让人们低下头，朝洞穴里看"神体"本身就是一件很不恭敬的事情。洞穴的入口还堆放了一些沙子和一把勺子，参拜者可以用这勺子舀一点沙子，装进口袋里带走。沙子每天都在减少，所以每天必须补充。你说这有什么意义？如果沙子是从洞穴里涌出来的，那才算得上是真正的神灵之物吧。

因为"穴大神"没有自动冒出沙子的功能，所以，就得人为补充。这样，就在小祠堂的后面设了个"神沙"储藏间，被称之为"清净御沙所"，而且管理得特别严格。那些被参拜者带走的沙子，就是从这里一点点拿出来的。"穴大神"的前面还有一块小牌坊。说来挺有趣的，据民俗专家说，树立牌坊是有独特含义的。看到这个被立在洞穴入口处的小牌坊，我似乎有些明白这牌坊原本的含义了。说是这里的沙子被带回家里后，撒在家门口既能祛邪，又能招来好运。你如果觉得好奇的话，不妨也可以去试一试。

在"穴大神"前面凹凸不平的石堆上，到处都堆满了狐狸②玩偶。不仅洞穴里面有，洞穴上面也有。大小狐狸都是修长的身躯、媚

---

① "神体"：指神灵附着体，是日本神社里供祭祀、礼拜用的神圣的物体。

② 在日本，狐狸被看作稻荷神，也是人类和神之间的信使。日本人祭狐狸的原因是，狐狸可以消灭农田里的田鼠，有保护庄稼的功劳。祭祀的目的通常是祈求农作物长势旺盛。

媚的神态，而石堆后面的那只金色狐狸，看上去光彩夺目，令人身上直起鸡皮疙瘩。一直关着的那扇玻璃门后面是一张桌子，上面供奉着油炸豆腐与干鱿鱼。关那么严实，难道是防备供奉的食物被人偷走？

稻荷神①与"穴守"的关系很密切。它就像希腊的得墨忒尔②女神一样，是守护五谷的神灵。所以，不管是"稻荷"，还是"穴守"，都是保佑五谷丰登的神氏。自古至今，这样的民间传承实在是太具有韧劲了，不得不令今天的人们赞叹。但是，要是走进这新的穴守，窥探一眼那个"穴大神"的洞穴时，那些民间传承所积淀下来的美妙感觉，即刻便化为乌有。因为它所透露给我们的，是一种出自当代淫靡信仰的异常产物。

"这里的稻荷神一直以来都护佑着我，真是感激不尽啊。"

"福田屋"的老太太眼里含着泪，情真意切地对我说道。这个老太太早在旧穴守的时候，就开始经营神社供品店铺了，数十年来一直是在神社的庇护下，所以她感激涕零。可我至今还没有得到穴守什么实质性的佑护。看来，神灵对我这种不恭敬的人还算是公平的。

以前的神主③被战火烧死了，现在是八云神社的神主在兼任穴守稻荷的神主。我想，穴守稻荷也早晚需要一位掌管。这么繁荣昌盛的一座神社的掌管，必定有许多人争抢这个职位吧。到了夜晚，我看到从神社的社务处走出来一个神官，样子很健壮，也很贪婪。只见他探头探脑地走进祭奠"穴大神"的祠堂，猛地伸手抓了一大

---

① 稻荷神：日本守护五谷食物的神，民间亦称"仓稻魂神"。
② 得墨忒尔：希腊神话中的女神。她是生产农作物的大地神格化的地母神，是农作物的保护者。
③ 神主：指神社的工作人员，即从事神事的专职人员。

把油炸豆腐片和鱿鱼干，又悄悄地溜了出来。我想，他也不可能每天都吃这些东西吧。那么，他拿这些食物到底要做什么呢？

在僻静的御沙所前面有一条深水沟，又深又宽，几乎就像一个神池，但说它是神池又似乎有点寒碜。神社院内还栽种着几根松树苗，搭了一个葛藤的棚子，旁边长着一棵修长的梧桐树，给人一种粗俗不堪的感觉。可是，就发展趋势而言，这里会一天比一天更兴旺发达。据说，世田谷那边有位做被褥生意的女老板，刚捐资十万日元为神社修建了一块牌坊，这也算是"亡羊补牢"吧，或许哪天真的感动了神灵呢。国际航班在机场上空穿梭般的飞来飞去，机场的夜空也总是灯光辉煌。崭新的机场，来回穿梭着的各种亮光闪闪的轿车，不远处的神社……这不都表明民间信仰的力量所在吗？所以说，前面提到的湿地的肮脏环境，即使是为了这个漂亮的机场也好，为了那尊"穴大神"也罢，都很有必要尽快加以改善。

以前，还是"旧穴守"的时候，有家名叫"釜"的饭庄，生意很红火。拆迁之后，他家一直在盼望着重开的机会。可不知什么原因，至今还没有挂出招牌。现在开张的饭庄也就只有"梅月"一家。虽然神社周围还没有任何风流韵事传播出来，可街上已经来了一帮能说几句英语的女子，整天东游西逛的。她们出入的那些酒馆虽然表面挂着酒店的招牌，但男男女女成双作对，从后门频繁进出，也算是一幅色彩生动的风景图画吧。就交通而言，从穴守到川崎要不乘电车，要不就坐巴士。实在没办法了，也就只得步行到六乡川[①]

---

① 六乡川：日本东京一带的河川、湖泊名称，是流经东京都与神奈川县境内的多摩川的最下游的别称。第一京浜国道经过六乡川附近。

了。当然，除了以上几种办法以外，还有一种更悠闲的办法，就是从穴守乘轮渡到川崎。若是步行的话，可以从川崎的大师堂①进入穴守稻荷。现在已经没有人步行了，就只有乘坐电车或者巴士了。大正末年，田山花袋写了本旅游指南，其中说："去穴守时，先乘电车，在终点站的前一站下车，你会看到一块'穴守轮渡'的指示牌。沿着这块指示牌标示的方向往前走，右转，可以走到六乡川的岸边。那里有轮渡，摆渡到对岸，就是羽田的渔村了。另外，那附近还有几处风景名胜。例如，沿着五六町的田间小径往前走，就能看到穴守稻荷的上千个层层相叠的暗红色牌坊。街道两侧的小巷子里，是琳琅满目的各色店铺和茶馆。"山田先生这里所说的"穴守轮渡指示牌"，也是一个引路的标识，要想乘摆渡船的话，还得自己在岸边寻找。如今，人们的生活的节奏加快了，再没有那个耐心等渡船了。所以，这种速度很慢而且管理散漫的交通工具就被淘汰了。不过，我倒是以为，参拜神社原本就是一种游山玩水的休闲，乘坐这种慢悠悠的交通工具也是一件很享受的事情啊，何必要取消呢？

再来说说川崎的大师堂吧。金刚山的平间寺早已在火焰中化为乌有。如今，在原来的地基上临时搭建了一些棚户。前面几条道路之间的区域，就被称之为"大师银座"。可那些简陋的临时棚户，孤零零地竖立在偌大的空地上，看上去总觉得有点滑稽。而用水泥等材料搭建起来的"遍照殿"，也被焚烧得只剩下了骨架，仿佛已经失去了灵魂一般。其实，川崎的大师堂一直都门可罗雀，被大火这么

---

① 大师堂：日本对佛堂的一种称呼。大师堂内通常供奉某位大师的塑像，以供人们祭拜。

104

一烧，就更是雪上加霜了。右侧，建筑工人们正在拆除大师堂的水泥墙，进行道路拓宽，看上去就更加混乱了。沿着这堵水泥墙一直往前走，左手边就是车站。要是从车站一直往前走的话，就到川崎市区了。街道上的霓虹灯，在雨雾的笼罩下显得有些模糊。独自一人走在雨雾弥漫的路上，心里难免生出凄惶的悲凉。

下雨天，虽说从大师堂前往川崎市区的路上十分冷清，道路两旁的大型工厂却是一派繁忙景象。工厂的围墙特别长，给人一种永远都走不到头的感觉。我对这家工厂如此景气有些好奇，再看看工厂门牌上写的是"三乐造酒股份公司"——真的，空气中还弥漫着一股酒的香味呢。走到工厂围墙的尽头，就能看到一座小桥，前面不远处便是六乡川桥。横穿过宽阔的国道，沿着桥畔的斜坡再往前走一会儿，展现在眼前的就是熙熙攘攘的商店街了。人声嘈杂，雨也越下越大。国道上轿车匆匆驶过，车灯把漫漫的雨幕照得一片透亮。

在这样的嘈杂之中，拐过左边街角的一家鞋店，就到了原来堀之内①的妓院区。当然，现在已经变身为特殊咖啡馆的经营许可区了。这个"许可区"的地形，大致就是一个不等边三角形。虽说范围不算大，但也有三四十家店面，一百多个女人聚集在这里。冷雨霏霏的夜晚，看着那些手里撑着雨伞、使尽招数争抢嫖客的妓女们，一种难言的酸楚涌上心头。

"哎呀，您就来嘛。"

"哎哟，这位爷，您进来待一会儿吧。哎哟，怎么不理人啊。"

---

① 堀之内：日本东京都八王子市的地名，现行行政地名为堀之内二丁目以及堀之内三丁目。

听口音方言挺重的，很难辨别她们都是什么地方的人。听说，这些妓女有的老家是福岛，有的是山形，还有千叶、静冈一带的。虽说来自不同的地方，但拉客的那套话都是一样的。当然，在这里不仅仅是拉客的方式一模一样，就连门前的栅栏用的也都是一色的竹篱笆。从外面看，那些竹篱笆与普通人家很相似。所以乍看之下很难想象出她们是在做皮肉生意。虽然家家都有竹篱笆墙，但房子没有装门扇，一进屋子就是换拖鞋的台阶，这与一般的人家是不一样的。她们在没有门扇的大门前摆放几棵门松，竭力装扮成普通人家的样子，以便给客人带来惊喜。但奇怪的是，那些"喜乐""竹春""克罗纳""立花家""真福""二鹰"等招牌却高高地挂在门前，还特意用霓虹灯来吸引人们的眼球。一帮身着大衣或毛衣的小伙子在这里游来逛去，看上去也有些心浮气躁的样子。

"他们都是住在工厂宿舍的。一到晚上就闲着没事干，跑这里来起哄呗。"

一个站在店门口的女人嘴里吹着"啵啵"作响的酸浆①皮，一边挠着头皮对我说道。我不免有些感到奇怪，现在这个时候还真的很少看到有人吹酸浆皮玩的。那个女人下身穿着裤子，一副烦躁难安的样子。据说，这里不光是嫖客粗鲁，就连妓女的性格好像也很火爆。她们的名字叫弘子、昭子、淑子之类的，听上去平淡无奇，可一旦开始拉客的话就不同寻常了。一天，有个老头领着一个年轻小伙子站大门口与妓女争吵。本来也不是什么大事，差不多都平息

---

① 酸浆：亦称鬼灯，原产于东南亚，多年生草本植物。其果实可以食用，是营养较丰富的水果。

下来了，可这老头还不肯罢休。哪知女人也不是好惹的，只见她伸出粗壮的胳膊，一把就拽住了老头儿的洋伞。老头儿怕洋伞被女人夺走，就使劲儿往回拉，两人拉来拉去不分胜负。这时，小伙子就绕到老头儿的身后，帮着老头使劲。谁知，这一用力不要紧，"咔嚓"一声，阳伞就被拉断了，老头儿一下子被甩出老远。下雨的地面一片泥泞，老头儿跌在泥水里，样子就别提有多狼狈了。女人也没想到会出这个意外，手里还攥着那半面破伞，一溜烟儿地跑了。老头儿哭喊着，要那女人把伞的另一半还给他……看着这一幕闹剧，有几个机灵的女人乘机迎上去，劝老头儿说：

"反正也是一身泥土了，干脆就上咱家坐坐呗。我们来帮你洗刷洗刷……"

说着说着，最后就连那个小伙子也一起被女人们给拉进去了。

夜未央，酒未央

　　说起新宿，我就会想起盲人诗人爱罗先珂[①]。他一头金发在阳光下美得令人窒息，站在中村屋[②]前，一动不动地倾听着大街上喧闹的声音。他那悲伤的表情，和梦幻般的宁静与沉默，都令我印象深刻。中村彝[③]先生曾经为他画过一张坐像。在那张画像中，爱罗先珂低着头，手里拿着一把吉他。在他离开日本之后的很长一段时间里，这张画像都一直挂在中村屋的墙壁上。

　　经过三十多年的岁月更替，爱罗先珂曾经生活过的新宿，已经变成了车水马龙的繁华闹市。但规模并不大，只有武藏野馆附近与旧妓馆区一带，成了新宿繁华的中心。若是沿着花园街一路前行，依然是寂然无声。花园街一带曾经是浜野茂家的私有土地，可如今

---

① 爱罗先珂（1890—1952）：俄国诗人、童话作家。
② 中村屋：日本东京都历史悠久的餐馆。
③ 中村彝（1887—1924）：日本大正时期著名油画家。

每当夜晚，到处都是红灯酒绿、笙歌回荡，就连周围的空气里都似乎飘荡着酒香。若是从那里路过，就会有一种身心沉醉的感觉。

新宿的发展分为两个阶段。第一次是大地震之后，第二次是战后。战后的发展规模之大是大地震无法相比的。那时，人们顾不得激进带来的混乱，以一种难以阻挡的疯狂气势高歌猛进。过了一段时间，那种疯狂劲才有所收敛，发展的步调也逐渐走上了正轨。可以说，这个时期的发展状况，就与上海当年的情形差不多。那些曾经热闹非凡的市场也都化为乌有，四周一无所有，满目凄凉。空荡荡的废墟之上，唯有破旧的自来水管在西风中悲鸣。

与之相反的是，都电终点站对面的新街——歌舞伎新街倒是给人面目一新的感觉。再就是原新宿终点站的二幸附近的大街小巷，也都修建得焕然一新。食堂新街被拓宽了好几倍，富士银行和大阪银行拐角处的柳街也正在修建当中。食堂新街与柳街之间的那条"传奇"小径，目前虽说还保持着原样，但估计不久也将开工新建。穿过伊势丹，前往原妓馆区的六间大道，即如今人们所说的仲町大道，以及与之平行的东海大道、要大道，也都在翻修当中。我想，用不了多久，新宿大街与沿线大道之间的各个小巷都会以崭新的面貌出现在人们的面前。如此，步履蹒跚的醉汉、戏弄风月的浪子又有了"用武"之地，自然就会越来越多。

这样一来，前往万世桥的都电起点站与那些新兴大街相比，就显得萧条了许多。在站前候车的人们，无论是愿意还是不愿意，都会沐浴在"玛丽女王娱乐城"的霓虹灯影里。从"玛丽女王"往前走，左拐是一条不宽的巷子，两旁的房屋虽然又矮又旧，可店招上写着的却是"沙龙白玫瑰""淑女城""大都市""南十字星"等颇有气势的店名。再看那些五彩缤纷的灯光，就如同大型的调色板一样，色彩斑斓。入夜，迷离的灯光之下，妓女们正在用尽浑身解数招徕客人。不管是"沙龙"也好，"酒吧"也好，"咖啡馆"也好，在新宿这一带，干的差不多都是同样的一件事。一般情况下，都是由两三个女子站在店门口招呼来往过客，这叫"坐贾"。也有些店里派女人们出去四处游荡，搭讪客人，此为"行商"。无论"行商"，还是"坐贾"，用的都是"暗门子"——用暧昧的口吻去勾引那些好色的男人。而男人们一旦上钩，到地方一看，也就是普通的酒馆。这种套路不仅是新宿，在东京各地新兴繁荣的街区，几乎都同出一辙。

沿着武藏野馆①门前的道路一直往前走，直至红磨坊大道，一路上也有很多这类咖啡馆与酒吧。这一带本来就是一条繁华的大道，现在就更加热闹了。例如"卡门""花蝴蝶""沙加缅度""处女林"之类的店铺，可谓是光彩四溢、迷离诱人。这附近还有一些中华料理店、寿司店、荞麦面店、外卖食堂，等等。顾客一进门，一声娇滴滴的"欢迎光临"，就令人有一种非同寻常的感觉。走进店堂，空间不像想象的那样狭窄。这就是平常传说中"妖精"们居住的洞窟？或者是在营造"沃普尔吉斯之夜"②的浪漫氛围？酒杯里的啤酒一次次被斟满，乐队也在不断地演奏各种爵士乐曲。如同

---

① 武藏野馆：日本东京都新宿区的电影院。新宿武藏野馆分为三个馆，由武藏野兴业公司负责经营，地点为新宿三丁目27番地10号武藏野大厦三楼。

② "沃普尔吉斯之夜"：广泛流行于中部和北部欧洲的一个传统的春节庆祝活动，在每年的4月30日至5月1日。参加者围着篝火，沉浸在饮酒、跳舞和欢唱的愉悦之中。

其他许多场所一样，在樱花盛开的季节，店里也会装饰许多仿造的樱花以及火红的灯笼。而那些拉客的妓女们依然矫揉造作、媚眼如丝，甜言蜜语地勾引着好色的男人们。不一会儿就开始"脱衣秀"的表演，今晚的主演是安娜美玲小姐。这个尤物就像是一条优雅的美人鱼，在舞台上翩跹起舞。客人们会在她俯下身来的时候，端起酒杯请她喝酒。我想，她这样一杯杯地喝下去，一个夜晚得喝多少酒啊。当然，这事虽说与我无关，但总爱操那份闲心，担心她喝出个长短来。可是，完全出乎我的意料，安娜小姐兴致高昂地一杯接着一杯，并没有一丝怯场的神色啊。

从高野水果店到佐野酒店的一路上，有许多棚户居酒屋，也可以算得上是新宿的一个特色吧。客人们围坐在一张长餐桌上，十分拥挤。要是坐到了最里边的位子就惨了，去上厕所还不得把一整排的客人都给惊动了？居酒屋虽然拥挤，可人情味很浓。这种地方历来都是深受大众喜爱的。其中，"道草"与"龙"这两家居酒屋成了文化人与编辑们聚会的场所，很多人经常聚在这里谈事。例如，作家会在这里与杂志的编辑商量，怎样在下一期的杂志上增加自己作品的篇幅。据说，这里的谈判成功率很高，并不亚于三十间堀的长谷川。看来，新宿酒桌上的文化风情也不容我们忽视啊。

如果有人问，什么地方最能勾起人们的食欲，我会毫不犹豫地告诉他，那就是从青梅口京王小田急终点站①前到高架桥仲大道一带。在这条比电车线路还要长的大道上，可以说到处都是露天饮食

---

① 青梅口京王小田急终点站：指日本东京都电"京王线"上的青梅街道出口，附近有家叫做"小田急"的百货商场。

店。有烤鸡店、油炸食品店，等等，可谓一应俱全。食客们来这里大快朵颐，满面红光，沉浸在享受美食的无比喜悦之中。

他们对美食的贪婪欲望，简直令人叹为观止。我想，他们一定会在但丁到来之前，就转世投胎为贪吃的肥猪了吧。

夜未央，酒未央，乐未央……那些红男绿女们，就在这么单薄的门帘后面，在这样简陋的居酒屋当中，通宵达旦，恣意忘情。

道玄坂[①]上

　　涩谷以前的样子可能很少有人能记得了，不用说年轻人，就连老一辈的人也未必能有多深的印象。幸运的是（或许不幸的是），我生于1899年，也曾经在青山地区生活过一段时间。还记得当年电车的终点站就在青山四丁目，我还能模模糊糊记得涩谷的样子，就跟个小村庄似的。现在东宝电影院的前身，原本是间做彩车[②]的店铺。从道玄坂往上走，能够看到一处门口挂着"齐藤"铭牌的宅子。据说，这位齐藤先生是名医生，无论白天还是夜晚，齐藤先生家的院子总是笼罩在一片树荫之中，阴森森的，活像一所"鬼屋"……这点点滴滴的儿时记忆，对于我来说，就如同一张张珍贵的老照片，深深地烙印在脑海里。后来，涩谷的景观开始发生变化，可谓地覆

① 道玄坂：日本东京都涩谷区的地名。
② 彩车：日本举行祭祀活动或者节日庆典时用的车辆。

天翻。到 1951 年，"忠犬八公"①的铜像已经是第三次"搬家"了。

如今的涩谷，毫无疑问已经是一个大都市了。它的繁华完全是战后重建的成果。但是，在这样日新月异的变化中，有两个地方依然如故：一是搭建在宫益坂与道玄坂之间的国铁高架线路，二是从宫益坂的山顶向道玄坂方向瞭望的话，偶尔还能清楚地看见富士山。

众所周知，涩谷的繁华地段是以五所电影院为纽带而连成的一个圆圈，而这个圆圈的中心点就是第一银行，再往后走就是有乐町②。薄暮时分，一群女子就开始聚集到银行附近以及站前的广场上拉客。这里真是热闹非凡，拥挤不堪。若想挤过这里的人群，不费点体力肯定是不行的。这些拉客的女子，大部分都在有乐町和歌舞伎附近的社交咖啡馆、小料理店、酒吧等地方打工。那一带几乎都是大大小小的酒馆。我还记得，在有乐町大街的左侧，有一家名为"绿"的酒吧。店里的装饰还算有点品位，这在涩谷地区也是罕见。客人少的时候，店里的七八个女子就坐在高高的吧椅上叽叽喳喳地扯家长里短。要是客人上门了，就会急匆匆地跳下高椅，笑脸迎客。这一幕看上去就好像是电线上的麻雀，原本排得好好的，一受惊吓，立刻四处飞散。店堂里苍穹形的天花板、烛台样式的吊灯、微暗的灯光，给人一种神秘的感觉，恰好与街上的霓虹灯光形成极大的反差，而安静的氛围又营造出了优雅的环境。据说，在这

① "忠犬八公"："八公"是日本历史上一条具有传奇色彩的忠犬。它是日本东京上野博士饲养的一条秋田犬，与博士感情特别好，每天都接送博士上下班。博士病逝后，"八公"十年如一日，依旧按时来涩谷车站迎送博士直到去世。鉴于它对主人的忠诚，日本有关机构授予它"忠犬八公"的称号，并在市区为它竖立了铜像。
② 有乐町：日本东京都千代田区的街名。

里喝啤酒也是有讲究的。啤酒倒进杯子，泡沫瞬间漫来。此刻，你必须俯下身子快速地喝一口，然后，再端起杯子一干而尽。这样的喝法才算在行。要是不小心啤酒沫子漫出了酒杯那怎么办呢？这时，旁边马上就会伸出一只白嫩的小手，为你把啤酒沫子擦拭得干干净净。那是女老板贵子的白嫩的小手。她在擦拭啤酒沫子的时候，还会适时递过来一个嫣然的笑靥，妩媚的气息让人立刻心生暖意。她的胸前滑动着一块硕大的翡翠挂件，洋溢着温婉的气息。记得与谢野晶子先生曾经有一首短歌是这样写的："青春美少女，云鬓秀发拢不住，清丽若流瀑……"当然，贵子的年纪虽说要比歌中的女子年长一些，但如此明艳动人的魅力，岂能不动人心弦？在店堂的一边，有位女士正叼着烟袋。她一只手搭在靠椅的扶手上，独自一人孤零零地坐在那里。看她那抽烟袋的表情，似乎是在哀叹这世间的浮华，又仿佛像个政治家似的，为眼前的一切深感忧虑。然而，要是再仔细观察的话，你又会觉得她就像一尊安详慈悲的观音菩萨。可是，当她收起烟杆，站在一旁聊天时，刚才的那些悲痛呀、慈悲呀立刻全都飘向了九霄云外。她是一位美术评论家，从她滔滔不绝的高谈阔论当中，我得知她不仅喜欢宫本三郎[1]、冈鹿之助[2]，还很崇尚海外画家郁特里罗[3]。若论酒量，这位美术评论家也是海量，鲸饮啤酒而不动声色。看着她那挥洒自如的快乐模样，我不得不承

---

① 宫本三郎(1905—1974)：日本昭和时代的西洋画家，生于石川县小松市松崎町。

② 冈鹿之助（1898—1978）：日本昭和时代的西洋画家，生于东京麻布区。日本全国文化勋章获得者。

③ 郁特里罗（1883—1955）：法国风景画家，出生于巴黎，逝于朗德省达克斯。他的母亲是画家苏珊娜·瓦拉东。

认，她不仅是个会独自享受吸烟袋的人，还是个具有诸多才华的艺术家。从"绿"酒吧往前走，不远处是一家烤鸡串的店铺，再往右边拐，就可以看到"沙龙富士"了。这里的楼梯很狭窄，而且过道里放置了许多樱花节用过的假花，显得很零乱。以前只有戏班子演戏的时候才会使用纸做的花儿，不知从什么时候起，咖啡馆里也开始摆放这些玩意儿了。

"哟，这里可不是什么咖啡馆呀。"

原来如此。听说现在很少会用"咖啡"这名称了。我又问她这里是不是卡巴莱①，她说也不是。可这里有爵士乐队，房子中央还有一片很大的空间。另外，暖炉也被挪置在了一边，难道不就是为了给客人跳舞留出的空间吗？这么设施齐全的地方怎么会不是卡巴莱呢？那么，既不是咖啡馆又不是卡巴莱，这里到底又是做什么的呢？这时，有个女子走过来，直截了当地告诉我说：

"还用问吗？这是沙龙呀。"

哦，店名本来就是"富士沙龙"嘛，你瞧我这悟性有多差。但这句"还用问吗"是什么意思呢，不免让我感到有些困惑。牌子上写着的那些名字真是俗气透顶，沙代子、由香莉、阿瞳、阿薰……满大街都是的名字，光我认识的，至少也有十五个人使用这类名字吧。名字太普通了，就让人难以分辨。我想，还是叫编号更简便，那样也不至于叫得我心里难受。这些小姐很灵活，她们走动时从来

---

① 卡巴莱：日本旧时的一种娱乐场所，指带有舞蹈、喜剧表演等娱乐功能的餐厅或灯光俱乐部。同时，日本的风俗经营法规定，卡巴莱与灯光俱乐部是被当作不同类型的行业进行管理的。

不会让那些纸花触碰到自己的头发，会很巧妙地避开阻碍物，从那樱花树一闪一闪的彩灯后面端来啤酒。可她们走过来的时候，快步生风，那些纸花就会跟着发出"沙沙"的声响。

"西洋人的名字多怪啊，什么'纪德'呀……我觉得'麦克阿瑟'多好听啊，大概是我听惯了的缘故吧……"

翻开桌上的杂志，不知是谁在上面写下了这样一句评语。阳春三月，婀娜多姿的女人们，婷婷站立在人工制作的樱花树下，浑身散发出金鹤香水[①]那具有穿透力的诱人馨香。这是一群多么纯真而又充满青春活力的女子啊。也许有人会开玩笑说：那是因为在涩谷有"忠犬八公"的铜像在庇护她们啊。对于这样的讽刺话是绝不能当真的。我倒觉得，这种纯朴是涩谷所特有的。由此，我似乎感受到了童年记忆中的"村街道"[②]的遗韵。这样的风景，在银座那些繁华的地区早已消失殆尽了。这虽是一朵野花，但值得我们格外珍惜地佩戴在胸前。

涩谷的百轩店[③]这个名称，不知是不是来源于十轩店[④]。过去，日语中"店"这个名词是读作"tana"的。可现在已经没有人这么读了，一律都读作"ten"。对于这个词语读法的改变，人们似乎并不在意，而更多人已经习以为常了。所谓"百轩店"，主要由"卡巴莱"

---

① 金鹤香水：当时日本从法国进口的一种香水名称。

② "村街道"：日本古时候的乡镇，类似中国这些年来开发的古镇。

③ 百轩店：曾经是日本东京涩谷一带的中心街道，现指东京都涩谷区道玄坂二丁目一带。

④ 十轩店：从东京都的日本桥往北，在今川桥的大街两侧。本石町的十轩店1911年改称"十间店町"。

与电影院所组成的，体现了战后的繁荣景象。我记得，这里最初好像是由一家叫"箱根土地"①的企业规划建设的。一改之前的萧条冷落，而变成了涩谷繁华热闹的街区。走到百轩店最里边的小巷，也就是从神社废墟旁边一直朝前走，前边就是一家名叫"幻想曲"的酒馆。这是一家小巧玲珑的酒馆，每当我晚上散步馋酒的时候，或者倦于与人闲聊的时候，就会独自一人跑到这里来喝酒消遣。我甚至都想，若是在这里安放一架古老的八音琴，播放舒缓的乐曲，再在桌子上放上一束玫瑰花，将是多么的舒适而有情调啊。

　　仅此，就仿佛将我带离了涩谷，去到一个离开尘世喧嚣的绿洲。

---

① "箱根土地"：从大正时代至昭和年间，一直是日本的土地会社，现国土规划部门的前身。

银座之夜

我漫步在银座的大街上，要是过去的话，在新桥到尾张町之间的途中，肯定能遇上几个熟识的人。可如今，这样的偶遇已经没有了。有时，我感到纳闷，还会去想到底是什么原因导致了这样的结果。可是，从来也没有明确的答案。

我想，也许是年龄的原因吧。以前经常在这一带大街上溜达的那些熟人，现在大概都走不动了。其实，根本不必思来想去的，事情也许就是这么简单。有时，我会习惯性地去那些"老地方"溜一圈，心里盼望着与老朋友的不期而遇，可从来都没有如愿。

每到傍晚时分，就会从尾张町的地铁站口涌出一群群精神抖擞的青年男女，健步如飞地往南边走去。我想，再过几年，这些年轻人除了来这里办事之外，大概就不会到银座的大街上来闲逛了。而那个时候，又会有新一茬的红男绿女，谈笑风生地阔步街头。银座就是这样的一个地方，经年不衰的富丽豪华、金碧辉煌的建筑，始终都是以一种傲然的姿态，迎接着一代又一代的年轻人。

夜幕降临之际，银座的夜空呈现出水一般的沉静，而天空下的群楼却是披红挂绿、艳丽耀眼。满大街香风弥漫、丽人如潮，竭尽世间奢华。

商场宽敞而明亮的橱窗里，陈列着豪华的绸缎与金银首饰，散发出迷人的光彩。那些精巧玲珑的紫蓝色的银沙扇子，如同几片银杏落叶，装点在清新宜人的绿山图案的手巾与松叶条纹的和服布料之间。此时，又有浓重的咖啡香味飘过来……淡蓝色的光影，正是情意绵绵的恋人们最喜爱的浪漫世界。

车来车往的街道上，汽车马达的轰鸣声与商场里的嘈杂声遥相呼应。明灭的灯光里，我看见疾驶的汽车窗户里，有人莞尔一笑。再看路边，地上躺着个胖猪似的邋遢醉汉。在朦胧的灯影里，我辨不清他是男是女，只有他嘴里金牙的光泽给我留下了一点印象。圆与方、点与线，光、色、形……如同幻术似的，一一从我的眼前飞逝而过，目不暇接。

人行道上又是另一番情形。花团锦簇的男女熙熙攘攘，看着他们匆忙的样子，似乎有着明确的目标，又好像并没有什么要办的事情；可要说他们在散步吧，又不是那么悠闲自得、气定神闲。他们脚步匆匆，就像水中的浮萍，随处游荡，好像没有明确的方向，只是在凭自己的感觉随处游逛。当然，无论是枯燥乏味的男人也好，抑或斤斤计较的女人也罢，走在银座的大街上，立刻就变成了双双对对的连理枝、比翼鸟，就会给这座城市添加无尽的诗情画意。也只有在这时，那些杂志传阅会①的会员们，以及那些分月付款购买皮鞋的人们，都仿佛忘掉了人生的悲哀，以潇洒的步履游荡在这种青春洋溢的场所之中。

银座的后街是一条车辆的单行线路。那些轿车在掉头的路口来回乱窜，川流不息，造成一片混乱。银座的那些令人怀念的酒吧，无论是过去，还是现在，都集中在林荫大街②的附近。那里的兴衰，见证了昭和时期（1926—1989年）以来日本的变迁。过去那些一流的酒馆虽说曾经名扬四海，但经过了几代人的传继之后，已经发生了巨大的变化。尽管有些酒馆的名字依然如故，可内部的设施早已物是人非。

记得在尾张町交叉路口，曾经有一家很豪华的酒楼，在当时也算是屈指可数。据说，有位大名鼎鼎的年轻音乐家与一位美丽的歌姬，曾经把这里选为约会的地点。两人在这里愤世嫉俗，相互倾诉尘世的烦恼。后来，竟至同归于尽。这件事情已经过去了二十多年，其间还发生了战争，这家酒楼也早已关闭了。那些曾经在这里娇声莺语的女人们，也都各奔东西，大多已下落不明。我还记得，这家酒楼是银座的老酒客都熟悉的赫赫有名的"酒吧·日本"。

在银座的林荫大街的一隅，还有一家虽然很小却非常有名的小酒馆，店堂里只有三四个人的位置。这家如同鸟笼子般大小的酒馆的女主人，就是曾经在"酒吧·日本"待过的所谓"幸存者"。经过

① 杂志传阅会：指日本有些趣味相投的人们，将自己写好的文稿聚集起来，编成杂志，然后再相互传阅。
② 林荫大街：位于日本东京银座的一丁目至八丁目，往新桥方向大约一公里的路程。那一带由于聚集了许多国外的高档品牌商店，十分引人注目。

二十多年岁月的流逝，女主人早已失去了往日的花容月貌。可这里对于那些怀念旧事的老一代人来说，却是一个心灵能够得到慰藉的场所。光顾这里的客人，为的是重温昔日银座的记忆。据说，除了这位女主人外，在银座还有两三个"酒吧·日本"的"幸存者"。她们下班之后，夜深人静之时，有时也会聚到这家小酒馆来喝几杯。她们早已不再浓妆艳抹，也不复当年的千娇百媚，只是带着一种怀旧的情感，在回家之前来这里坐一坐，静心与老姐妹们聊聊心里话。她们都是从万劫不复的火坑里逃出来的幸运儿，在她们的心底里，还怀念着战前那个既宁静又纯熟的银座。毕竟那个时代见证了她们的青春岁月。如今，她们在安享晚年的同时，也享受着银座的多姿多彩。她们深夜聚集在这里，就是因为忘不了曾经的美好时光。

如今，行走在林荫大街上，也可能会遇上迎面走过来的女人，悄声地对你说："我们玩玩儿吧。"有时，也会遇到二人搭档的年轻女子与你搭讪："给你好玩的，三千日元怎么样？"这样的情景一般会出现在西银座五丁目到六丁目之间的路边上。是说好呢，还是说不好呢？总之，银座作为现代东京的一块"甜点"，它既是香甜可口的，又是隐藏着忧伤的。

从三田到神乐坂

人开始学抽烟的时候，一般都是因为好奇心理。喝酒也一样，尤其在血气方刚的年龄段里。就说喝酒的姿势吧，许多年轻人也是模仿周围大人们的样子。小时候的好奇心渐渐越陷越深，最后不能自拔。这也可以说是一个人成长的历程吧。

福泽谕吉[①]在他的《福翁自传》一书中，回忆自己五六岁的时候，因为每次剃头都很痛，所以就想办法逃避。母亲为了说服他，每次剃头时都会奖励他一合[②]酒。这就是福翁与酒的因缘了。当然，这种事情不是每个人都会遇上的。

我父亲非常好酒，所以家里随时都会备着酒桶。这种熏陶使我

---

① 福泽谕吉（1835—1901）：日本武士、兰学家、著述家、启蒙思想家、教育家。庆应义塾大学的创建者，名列日本明治时期六大教育家之一。自1984年起，他的头像被印制在日本银行发行的纸币上。
② 一合：日本的计量单位，相当于一升的十分之一。

从小就对酒颇有感情，有时候还会偷偷地舔几下酒勺里剩下的酒滴。其实，酒对于我来说已经不是什么新鲜事情了，所以，偶尔遇到有人把饮酒视为一种罪恶的时候，便会感到惊讶。

家里酒桶里装的酒是"贺茂鹤"①。现在已经到处都能买到了，可在我小的时候，这种酒即使在东京也是很紧俏的。那时，我父亲还特意从广岛订货，厂家直接发货到我家。我从小就对这种酒抱有特殊的感情，直到如今也一直都很喜欢它柔和而又纯朴的味道。

早在我上大学的时候，三田②那边有个外号叫"小虎"的小伙子，颇负酒名。小虎是做小豆汤生意的，本来与酒不搭边，可他非常爱喝酒，简直就是个"酒鬼"，大伙儿也就都叫他"酒虎儿"。他同时也是庆应大学棒球队的球迷。每次在观战时，都会穿上印有"庆应大学"字样的运动服，手持印有三色旗③的扇子。同时，他还担任着"民间啦啦队"的队长。距离酒虎儿的店铺不远，有一家居酒屋，酒虎儿自然就成了这家店的常客。这家店的门口挂的是绳子门帘④，只要用额头轻轻一碰，就能走进去了。店里摆放着四五只酒桶，只要客人点酒，店主就把酒桶盖子拧开。拧酒桶盖子的时候，还会发出一种清脆的摩擦声，格外吸人注意。

在那几只酒桶中，就有一只是"贺茂鹤"牌的，但我从来不在

---

① "贺茂鹤"：日本清酒的名称，自1873年命名以来，已经有140多年的历史。由于材料和酿造工艺上的限制，一直采用传统的酿酒方式。明治时期以来，革新了原材料与工艺，实现了在全国大规模的酿造。

② 三田：此处代指奥野信太郎的母校——日本东京的庆应义塾大学。

③ 三色旗：日本东京庆应义塾大学的校旗。

④ 绳子门帘：用一根横着的竹竿，在上面拴上几根绳子挂在门口，代替门帘使用。

那家居酒屋喝"贺茂鹤"牌子的酒。因为家里有同样的酒，回到家里喝多少都行。再一个原因就是，这家店里的烧酒特别好喝，而且价格实惠。对于我们这样的学生来说，简直就像是从天上掉馅饼一样。那位一大早就醉醺醺的酒虎儿也喜欢喝这里的烧酒。所以，老板娘常常会特意从绳子门帘后伸出头来，招呼道：

"一会过来喝一杯吧。"

听到这样的招呼声，酒虎儿的酒瘾立刻就被勾了上来，他会乖乖地应道：

"好嘞！"

转身把扎在头上的毛巾紧一紧，二话不说就进了居酒屋。

在我上大学的时候，早稻田大学与庆应义塾大学的棒球比赛被学校当局叫停了。[①]所以，酒虎儿对棒球赛的热情，也就没有了用武之地。这种被叫停的状态，一直持续到我大学毕业的时候。我们毕业的那年秋天，早、庆两校的棒球比赛终于恢复了。随着两校大赛人气的不断上升，酒虎儿的客人也越来越多。他的小店里除了小豆汤的生意外，又增加了"杂烩"之类的买卖。店里还添置了温热烧酎和啤酒等酒类商品。可他还是扎紧头巾，经常用额头去挑开邻家居酒屋的绳子门帘。而那家的老板娘还是用往常的声调招呼他过去喝一杯。那一声痛快的应答，已经成为他们交往的一个默契，那家居酒屋仿佛已经成了酒虎儿的老家。

①　当时，日本的早稻田大学与庆应义塾大学两校因争夺棒球的桂冠而引发多起球迷的纷争。两校的啦啦队处于对立状态，大有一触即发之势。为此，两校当局决定停止赛事。

"别看他愣头愣脑的样子，其实还挺服老板娘的。"

居酒屋的老板笑眯眯地谈论着酒虎儿。在那个时代，烧酒都是货真价实的，酒醇香，回味无穷。我还记得那时经常下午旷课，偷偷跑到店里去喝那琼浆玉液。我是多么怀念那个美好的时代啊。在居酒屋暗淡的灯光下，与朋友们畅谈文学与音乐，一打开闸门就刹不住，不谈到深夜不罢休。

"我们光在三田、银座这些自家的地盘上喝酒不算啥。什么时候去早大那边喝几杯，怎么样？"

说这话的人名字叫喜坊，老家是横滨的，家里是做生意的。这小伙子虽然学习不怎么样，可天生一副好嗓子，很早就被允许继承清元节①的艺名了。

喜坊经常带我去神乐坂那边的酒馆，最常光顾的就是坂上左侧小巷里那家名叫"红葫芦"的酒馆。酒馆房间四面涂抹着泥灰，柜台里面坐着体态丰满的老板娘。我们暗地里笑言道：这老板娘的气质还真与这屋子很相配呢。或许，只说她体态丰满还有点委屈了她。你若是看到她那尊巨大的躯体，一定会惊诧得目瞪口呆。不过，老板娘胖是胖了点儿，长相还算可爱，脸上总是笑盈盈的。听说老板娘一直以来都是早大的拥护者，可即使她知道了我们的来路，也并不歧视我们，依旧表现得很友好。

早稻田大学的学生来这里休闲的很多，我们年轻人之间很快就混熟了。在"红葫芦"，我们从来都不喝那些低档的烧酒，一是这里没有那种低档的烧酒，二是我们既然从远处赶来，总得喝点像样的

---

① 清元节：日本三弦音乐的一种，主要用于歌舞伎以及歌舞伎舞蹈的伴奏音乐。

酒吧。这种想法可能有逞强的嫌疑，但做人嘛，这点"志气"还是要有的。令人感到意外的是，红葫芦也有"贺茂鹤"牌子的酒。当时，这个品牌的酒在东京是很少见到的。所以，这件事情给我留下了非常深刻的印象。

"你认识毘沙门堂的姑娘吗？"

也不知是谁问起这件事情。

"我们上哪知道啊。"

大家异口同声地回答道。当时，在神乐坂的毘沙门大神的御堂，有一位开朗而又勤快的姑娘。椭圆脸，浅黑的肤色，聪明又伶俐，从来都不会轻易得罪他人，是个典型的东京姑娘。

"什么时候去'红葫芦'喝一杯？"

"好嘞。"

我们之间以前都这么搭讪的。可不知何时搭讪的话变成了：

"什么时候去毘沙门大神那里拜一拜？"

"好嘞。"

并且，这句话还成了我们兄弟之间的口头语。

"听说毘沙门堂的姑娘要出嫁了……"

喜坊没头没脑地跟我们说了这么一句。据说，那位佳人与一个年轻的木匠私奔了。可两个人最终还是没能走到一起。

"我说的嘛！"

我们一下子都感到有些扫兴，大家举起杯接着喝酒。后来，随着岁月的流逝，"红葫芦"没有了，酒虎儿也去世了。

前几天，我有幸去拜访一位著名的书法家。让我非常吃惊的是，他妻子就是毘沙门堂的那位姑娘。据书法家说，他本来是个木匠，后来立志练习书法，并且获得了现在的成就。听到这里，我们这帮兄弟又一次慨叹道：

　　"我说的嘛！"

棚户房①与日本人

在我的人生记忆当中，造成社会习俗以及思维方式巨大变化的，主要是两个大的事件——关东大地震和战争灾难。大地震发生在局部地区，所以，它的毁灭性根本就不能与战争灾难相提并论。虽然，地震能在瞬间毁灭一个城市，在人们的眼前呈现出地狱般的图景，但这是命运的安排，是人类无法预计的。但是，空袭是人为的灾难，它使得城市瘫痪，各种设施遭到毁灭性的打击，也给人们的心理带来巨大的创伤。这样的人祸对人们心理上的冲击力，远比地震灾害更加强烈，更加令人痛心。

地震灾害导致的损失，能够在不长的时间内得到恢复。在我记忆中，一旦发生地震，社会上一切的"歧视"都会变得模糊起来，人们之间会突然变得和睦融洽。譬如，烟花柳巷的名妓们，也开始

---

① 棚户房：原本是指屯兵的营房，后来多指遇到灾害之后搭建的临时性简易住宅。

129

在帐篷里勤快地煮起疙瘩汤、小豆汤来，还会主动把做好的这些食物送给路旁无家可归的人们；一见到认识的人，她们就会异口同声地说道"都这时候了……"。她们会自然而然地说出各种平常不会轻易出口的话。有人还会借此机会反思自己平日里对人的冷漠态度，也有人趁机为自己借钱找个借口。可是，等到木板房一个接一个地搭建起来，尤其在低洼地区，当每家门口放个箱子，里面种起了向日葵①，人们当初的热情也就渐渐地开始淡化；等到街上到处耸立着一根根建房子用的竹梯子，这时，曾经的互相援助的氛围也不知不觉地消失了。但毕竟是灾害一场，人们还是脆弱了许多。但这种脆弱与现代社会的脆弱性是截然不同的。虽然，无论是战后还是震灾之后，人们都会用"复兴"这个词语来概述重建的过程，但显而易见，震灾后的"复兴"一目了然，人们是能够清楚地看到的。当然，这不仅仅是指房屋、道路等硬件设施的重建，更重要的还是体现在精神上的恢复。在震灾发生之后的恢复过程中，能看到人们心灵上的伤害，就像疗伤一样一天天地得到修复。也可以说那种打击的程度并不是不可救药的。在神田多町的菜市场附近，有一个叫"喜鹊苑"的地方，那里聚集了很多东京有特色的店铺。譬如俳句诗人的小泉迂外②，就在那里经营着一家小规模的寿司店。寿司店环境优雅，在那里能够吃到东京特色的寿司。地震灾害发生不久，那一带都搭建了临时赈灾的木板房，而那家"喜鹊苑"很快就被拆除了。其实，那时人们的情绪还不算太紧张。所以，地震灾害与战

---

① 震灾之后，家家流行在箱子里种向日葵，这成为象征性的情景。
② 小泉迂外（1884—1950）：日本昭和时期的俳句诗人，出生于日本东京。

争灾害虽然都被称之为摧毁性的打击，后果却有着天壤之别。

对于如今的世间风俗，我绝非抱有绝望的想法。震灾之后，东京的社会风俗出现了种种紊乱。对于当时还年轻的我来说，社会的这些混乱使我感到很愤怒。但后来才慢慢地懂得，这些混乱也会随着时间的推移，逐渐地平静下来。

可是，那场战争，以及战败后的社会面貌就完全不同了。它与震灾存在着性质上的不同，而且绝不是时间可以解决的。要想挽救，必须要有大规模的创新与强大的指导力。也许过程会长一些，但只要真诚地付出与不断地磨砺，结果是绝不会让人失望的。最可怕的态度就是置之不理，以一个旁观者的态度去回避现实。这样做的结果，必然会导致整个国家陷入消沉和毁灭。

现在，世上好像有两种"恶"，一种是单纯的，另一种是精心设计的。但无论是单纯的也好，还是复杂的也好，都是由受害者自己来定义的。所以，这种分辨带有很大的主观色彩，是相对的。可是，要是用普通的常识来判断的话，可以将其分为"看得见的恶"与"看不见的恶"。比如那些在街上拉客的卖春女们吧，会不会被她们勾走，完全取决于过路人自己的选择。再来说说我自己亲身经历的一件事吧。这件事也暴露出了我的愚蠢。前些日子，我路过新桥，正在犹豫是坐地铁还是坐"省线"。所以，就在两边的车站之间走来走去。其实，也就是犹豫了二三十秒钟的样子吧。突然有一位女子上来与我搭讪，说：

"再等大约三十分钟的样子，地铁和"省线"都不会太挤了。"

转身一看，对方好像是位职业女性，看上去很顺眼的。我想她说的也有道理，那就再等等吧。所以，就想着上哪儿去打发时间。

131

我悄无声息地往车站外面走。可没想到的是，那位女子也从后面跟了过来，并且又凑近我说：

"我也打算消磨时间呢。要不我们一起喝茶？我陪您。"

我想，如此也好。就随着这位女子走进了数寄屋桥大街的一家名叫"埃尔德"的地下咖啡馆。我坐在那里刚开始也没感觉到有什么不对劲，只觉得现在的女子都变得开放了。那位女子坐在我的对面，说话也一直都是温文尔雅的。我们要了咖啡和一些点心。不一会儿，那位女子一边用叉子打扫着剩余的点心残渣，一边对我说："今晚不如我们一起玩玩吧。"我一下子没反应过来，还傻傻地问她道：

"那你是想去电影院，还是舞厅玩呢？"

"我想，郊外的酒店应该不错吧。"

她的回答使我明白了她的意思。这让我一下子目瞪口呆了。

我用我最婉转的方式拒绝她的诱惑，说今晚的确不太方便，说完就从座位站了起来。女子也跟着我一起站了起来。我用最快的速度付了账，真有些不知所措了。我感到非常尴尬，连忙上了楼梯，外边正在下小雨。

"那么，明天总可以吧？要不，我们六点钟在新桥的 RTO 前面见！一言为定啊！"

过程大概就是这样。当然，第二天我根本就没去那个叫什么RTO 的地方。虽然只是一起喝了杯咖啡，吃了一些点心，但也算是被勾引了吧。故事的结局就是这样。每当想起这件事，我都感到很难为情。但为了具体阐释世间"单纯"与"复杂"这两种"恶"，我还是说出了自己的这个故事，算是在大家面前献丑吧。我遇到的这个"卖春女"，应该说比那些在上野的铜像下，或新宿一带的卖春女多了不少技巧。当然，可以用来说明这两种"恶"的例子不仅仅是这些卖春女。那些频繁出现在报纸上的抢劫、杀人、欺诈等种种案件，也具有同样的说服力。

而且，这也并不是现代社会所特有的现象。在中国的古典作品中，不是也有许多"美人计"题材的作品吗？用计谋的"恶"自古有之。那些看上去单纯的"恶"，虽然相比之下容易分辨，可一旦频率增加，也是一件非常可怕的事情。

那么政治和经济的混乱与日常生活中的"恶"之间又是一种什么样的关系呢？这倒真是一个很难回答的问题。但无论怎样，我希望那些在社会上有影响力的人们，要抱着强烈的责任感与批判精神。譬如在战后，在政治和经济的方面最突出的力量就是议会了。

我们看看那些议员们。在现在的日本，这些议员无论是从职业的角度，还是从才能方面来看，都不能说是一流的人才。那些当选议员的文人，差不多都是文化界不太吃香的。那些当议员的医生，也差不多都不能算是医术水平一流的人物。那些当议员的学者们，差不多也都不是在岗学者了。总之，无论是哪个领域，他们都算不上是精英。那么，那些给他们投票，并且使他们当选的民众，是不是也有责任呢？我想，要是这么说的话，就有点不太合理了。因为从现在的情况看，参加竞选的候选人就是这样的水平，让选民怎么办？相反，那些在研究室埋头工作的精英们，以及医术高明的人士，他们通常都会把政治视为"俗事"，根本就不去参与。这样一来，在议会成为社会最大的推动力量的今天，的确是一件很不幸的事情。

同样的问题在宗教上也可以看到。关于日本的佛教，所谓的"学僧"数量也不算少了。他们在哲学、语言以及美术研究领域创下了许多业绩。要是从专业的角度去看的话，各个宗门里也有许多值得称道的学者。可这些人的共同点就是，有点太过专心于学问的研究，不太顾及自身的修行。从这一点来看，那些滞留在中国的西方传教士们，尤其是天主教的神父是令人敬佩的。他们不但是自然科学家、人文科学家，在自己的研究领域有顶尖的研究成果，而且也绝不会丢弃自己的信仰；非但不会丢弃，而且珍惜每一刻光阴，努力去从事自己的传教事业。就这一点来说，值得日本的僧侣学者们好好学习——他们习惯于用研究与修行之间的体系差别，作为辩解的理由。其实，体系的差异导致的问题并不是根本的原因，主要是他们自身观念上存在着问题。

说到底，不管是政治家，还是宗教人士，他们与西方的传教士们相比，过于把自己限制在狭隘的圈子里了。如此又怎能有效地引导人们和推动社会的进步呢？那些擅长于自我保护的聪明人，把政治和宗教看得很淡。这种冷漠的态度，又怎么可能出得了素质高的政治家和宗教家呢？这样一来，就变成了一种恶性循环。《师主篇》告诫人们："要抱有热情去改变我们的生活。"这句话对于生活在当下的我们来说，似乎具有更加重大的意义。

我以为，战争所摧毁的不单是社会的风尚，还有语言的纯正性。人们总说，语言是思维的外壳，纯正的语言，直接关系到思维的客观公正。所以，解决思维方式上的问题，还得从解决语言的纯正性上下功夫。可是，我们的官员和语言工作者们，为什么至今还是那么漫不经心呢？

我只了解东京的情况，所以，要举例的话，也只能举东京的例子。可以这样说，在这四五年当中，东京的语言环境发生了巨大的变化。这个变化很大，甚至都超过了过去几十年的变化。譬如，乘坐电车的时候，很多日常对话的语音语调都是军人式的，句子的重音也更加明显了。例如，"二十元"与"三十元"的发音，前一段时间重音还在第一个数字上，可不久就被挪到了中间的"十"字上。这对于我们这些习惯于东京老口音的人来说，听着就觉得非常的别扭。同时，语调里的那种低三下四甚至谄媚的成分，仿佛使人感到有一种暗藏的凶险，真是令人不寒而栗。"涩谷"这个词的重音也变了，"大森"这个词的重音更是全消失了。单词的发音几乎都成了汉语拼音的平声，呆板而又单调。语言工作者们还说语言本来就是活的，无疑就是把这种现象视为自然的选择了。

　　难道对这样的变化就应该弃之不顾了吗？我想，发生这样的变化，根本原因还是战争。譬如，学童们集体疏散，还不知道失去多少语言原有的纯正性呢。有些孩子已经不会准确地发"玩偶""学校"这样的词语的音了。每当看到这样的情况，我的心里就不是滋味。当然，我并不是说就得死守着我们小时候已经习惯的那些发音。可在这渐进的变化过程中，像现在这样的乱象，这样不正规的篡改，怎么说也得合理规范一下。战争期间，有人高呼"前进！我们是一亿个火球"的口号。我们也没有将"火球"联想成"鬼火"啊。我们就是这样，在战争期间，始终是忽视语言偏离这个现象的。其实，这也可以说是造成现在这种混乱状态的一个祸根吧。

　　我们不妨这样说，从木板房里产生出来的思想，未必就是低端的。但我们却可以这样认为，只有日本，才会从这些低洼地区产生出浅薄的思想与嗜好。这是很令人惊异的事实。例如，随着下流的娱乐以及杂志开始流行，有一种被称为"肉体文学"的怪胎出现了。虽说那种东西的出现，也是具有一定社会背景的，但迄今为止，对于写这种作品的作家，还没有一个让我感到心悦诚服的。我甚至会想，要是有闲工夫去读这种作品，还不如再读一读一次大战后保罗·莫朗的作品呢。因为保罗·莫朗的作品能够感动我的灵魂。同时，对书中人物命运的忧虑与同情，也是对自己内心世界的一种安慰。虽然这样的读书方法有些庸俗，但对于我来说是有用的，所以我就一直坚持这样做。

我从小就喜欢读侦探小说。二十多年前，我同班的同学只有五六个人。我庆应大学的快乐回忆就是马场孤蝶①老师的古典研究课。我从老师那里不但学到了什么叫所谓的"古典"，也体会到了读侦探小说的乐趣。在那个时候，从麻布到赤坂附近的古旧书店里，有许多外国使馆的人丢弃的侦探杂志和奇异小说。我们在放学后，经常陪着老师去六本木的"石黑"或是福吉町的河野书店，如饥似渴地淘自己喜欢的旧书杂志。弗莱彻、奥本海默、鲁基乌、凯勒、柯罕、克劳夫兹等，这些作者的作品，只要让我看到，是绝对不会放过的，简直就是上瘾了。而且，睡前携一卷侦探小说上床，也成了一种习惯。每天睡前的一两个小时，要不看上一段侦探小说的话，心里就会感到不踏实，更无法好好睡觉。我国大量出版的，当然不只是那些低俗的"文学作品"，也有许多侦探小说，可我就是不想去

---

① 马场孤蝶（1869—1940）：英国文学研究家、评论家、翻译家、诗人，庆应义塾大学教授。

读这些国内的小说。在杂志上连载的就更不用说了，简直就连碰都不愿意。我当时的想法是，将来要是多萝西·塞耶斯再编《世界侦探小说全集》的话，日本的作家也是不大可能被选上的。当然，要是一旦被选上了的话，到那时再读也不迟。我这么说，也许日本的侦探小说作家们要声讨我了。可没办法，现在喜欢读日本侦探小说的，大多是一些学习成绩不怎么样的学生、卖餐票的、卖淫女等，作品中所描写的，也总是让人联想起那些不良少年们的无理取闹。所以，从这一点来看，还是不读为好。写到这里，好像我说来说去只是在针对侦探小说发牢骚。但我想提示大家的是，类似这样的东西还是不介入为妙。要是总追着"时髦"不放的话，不光忙不过来，还会打乱自己的生活。所以，还是离得远一点好。

徘徊废墟之中，给我带来的乐趣就是（这句话绝不能对那些受灾者说），到处都从街市景象变成了田野风光。原先那些气势森严的城市风貌，经历了一场战争之后，马上就失去了它原有的气派，显出了赤裸裸的原形。有的地方原先虽然不怎么样，可现在意外地给人好感。当然，也不能排除有些地方变得很混乱、很丑陋……这一点一滴，都会引发我的好奇心。冈本加乃子[①]在她的小说《寿司》中写道："赤坂表町的坡道在被烧之前，给人一种深谷的神秘感，有着一种摄人心魄的威严感。大火烧毁了道路两边的树木，变得光秃秃的。从大道上走过去，能够看到一面狭窄的斜坡。在青山地区，木棚简易房搭建得晚一些，所以，人们看到的都是这些被大火焚烧

---

① 冈本加乃子（1889—1939）：原名加乃，日本大正至昭和时期的小说家、艺术家、佛教研究家。

之后的颓废景象。"

其实，社会风气的转变，与东京风景的变化之间是有很多共同之处的。过去有些穿戴体面的人，现在穿的却是别人的不合体的衣服。他们也曾打扮得风度翩翩、完美无缺，令人不敢正视，可现在只能将就应付、马马虎虎了。这对于他们来说，也许是一件可悲的事情。但在我看来，却感觉轻松了许多，心里也舒坦了不少。

现在，蹲在车站站台上的人少了，毫无顾忌地往铁轨线上撒尿的人也几乎看不到了，人们的表情里流露出了对未来的希望。总的看来，社会还是在进步，人们的情绪也逐渐稳定。但这时尤其需要谨慎小心，因为日本人追求安逸，很容易忘掉那些沉痛的往事。无疑，这种乐观的情绪会给灾后的重建带来很大的动力，可我还是深深地忧虑，种种浮躁的心理依然会直接影响到政治、经济，以及思想各个层面。这是不容忽视，而且必须时刻警惕的。

"谎花"凋零之后

我在这里叙叙旧事吧。事情发生在好几年以前，刚发生关东大地震之后不久，东京成了一片废墟。人们被深深的绝望情绪所包围，似乎看不到希望。很多人甚至深陷在绝望之中不能自拔，有的人开始做起了与自己身份不相称的小买卖。

在下谷地区的池之端，有一家苇棚疙瘩汤馆子开业了，店面十分简陋。那时的东京，到处都是这样的小店铺，所以，它的开张与否人们并不关心。可是这家池之端的疙瘩汤店与众不同，因为它是由下谷地区的四五个艺妓合伙经营的。

她们都穿着夏季和服，为了干活方便，衣袖上还系了带子。那活干的，不用说多么干净利索了。她们不仅勤快，待客的态度也是一流的。如今，她们虽然远离了酒席宴，可不愧为是身经百战的艺妓，哪怕就是卖碗疙瘩汤，也会让客人感觉到春天般的暖意。这样一来，小店铺的生意眨眼之间就兴旺起来了。

这些艺妓们有谁能够想到，自己还会有卖疙瘩汤的一天？不用说她们自己，就连我这样的旁观者也想不到啊。可是，那一场灾难来临之后，一切都改变了，谁也顾不上这些了。不管其他人眼里怎么看，我想这四五个艺妓也一定是经过深思熟虑的，也算是一种奋不顾身的决定吧。

不过，一旦复兴的步骤开始了，最先恢复的，应该还是那些花街柳巷吧。她们这也是权宜之计，随时都会回到她们该去的地方的。就这样，疙瘩汤馆开业没有多久，就消失得无影无踪了。

再看看战后的情景吧。同样也有很多人放弃了原来的工作，做上了小买卖。可不一样的是，这些人却变得越来越糟糕，也看不到好转的迹象，最终人生变得凄惨不堪。震灾只是在关东地区发生的一个局部性的灾害，相反，战争灾害却是全国性的。国力衰弱得奄奄一息，复兴步履维艰，哪里还敢想象有一天能够重新发达起来？即使到了今天，我只要一想起那时的情形，还会有一种毛骨悚然的感觉。从上野的西乡铜像①到车站之间，有一条不长的车道，道旁一到黄昏时刻就会展开一片地狱图般的情景。一群又一群的妓女就像人体围墙一样，粘在石墙脚下，大声地纠缠过往的行人。那场景，既像露天店铺，又像菜市场。

"哎，您别走啊。真是的，没意思！"

"叫您呢，转过来瞅一眼嘛。"

"我的大爷啊，干脆就叫您皇上得了！"

---

① 西乡铜像：即日本著名的政治家、明治维新的功臣西乡隆盛（1828—1877）的铜像，1898 年 12 月 18 日揭幕。

"哎呀，别不理人嘛，就别装了，还跟我来这一套！"

吵吵嚷嚷，那种喧嚣有点像在吵架，也有点像在骂人。

的确，那些粘在石墙脚下的女人们，她们一边拉客，一边还在互相争吵。她们显得那么的急躁，看起来就像是在骂人。这不都是想多挣点钱嘛。在她们当中，既有那些从上野车站的地下过道里出来的幽灵一般的女人，也有从光线暗淡的简易旅馆①里飞出来的像苍蝇一样的女人。她们身穿肮脏的连衣裙，脚上趿拉着一双呱嗒板。她们常常一边吃着小摊儿上的廉价饭团，一边胡乱嚼着口香糖。她们每天晚上都在大声拉客，忙着做皮肉的生意。

有一天晚上，就在那里，我见到了一个头发散乱、身穿破旧旗袍的三十岁左右的女人。她面容消瘦，青黑色的皮肤没有一点儿光泽。我突然觉得她有些面熟，她也向我投来愣怔的目光。可是，我怎么也想不起来到底在哪里见过她。就在这时，我听到了一声大喊："哎哟！"就是这一声"哎哟"，唤醒了我的记忆，终于想起来了——这位女子，不就是那个曾经在北京东单牌楼经营过酒吧的女老板吗？听说她原来还是个歌手，一喝醉就喜欢亮着嗓门喊"哎哟"。她还曾经很得意地对我说，自己经常要去军营的医院慰问演出什么的。

昭和二十年（1945年）的五月，在LST②第147号撤侨的船上，我就遇到过这位女老板。在塘沽等船花了十多天的时间，那个女人

---

① 简易旅馆：指日本战后最便宜的街道旅馆。不提供食物，住宿者必须自炊甚至自带寝具。

② LST：战车登陆舰。日本战败之后，主要用来运载人员和物资。

始终都摆着一副酒吧女老板的傲态。所有乘客衣着都很朴素，可她穿得特别时尚。她一上船就开始折腾，也不知道从哪儿掏出来的，耳环、戒指一个接一个地往身上戴，最后还穿上了一件旗袍。当时，中国方面已经严正公告，禁止出境人员携带中国服装，所以，谁也不敢把自己打扮成她那个样子。可只有她一个人，敢于穿那么一身华丽的旗袍，在甲板上装模作态地走来走去，似乎是在显示她那蜂腰之美。

"回到东京以后，我还想在银座开个店呢。到时还请您多多捧场哟。"

她在甲板上来回走动着，不断地与周围的人搭讪。有的人在背后议论她，说她是在胡说八道。当时船里的那些人，哪个人兜子里不是只剩了一两千日元的穷光蛋啊？尤其那些妇女，就更不愿意搭理她了。

在海上航行的过程中，有不少孩子病死了，人们就把这些病死的孩子直接葬在了黄海之中。舰船围着这片海域转了一大圈，以示哀悼。女老板也一动不动地站在甲板上，看着眼前的一切。突然，她喃喃私语般的对站在旁边的我说道：

"其实，很久以前我也有过孩子的。"

舰船停靠在仙崎的港口，人们为了争抢电车的座位，蜂拥着跑下船，你推我搡，一片混乱。就这样，我们天各一方，没有再谋面的机会。直到今天，我们才在上野的西乡隆盛铜像的石墙下再次相遇。

"您还好吗？真是的，您看我都成这个样子了。"

我看着她身上的旗袍，忽然想起她在LST第147号船舰上穿过的那一套——想必这就是她那时穿过的旗袍吧。我眼前又浮现出她当时精神焕发、怡然自得的神情，忍不住问道：

"你穿的这件旗袍，是不是在中国做的？"

"是啊。别看现在这样了，当时我可是最漂亮的……"

原来如此，果然还是当年的那一件。这件衣服已经破烂不堪，丝毫看不出当年的风采了。就连她本人，也与这件旗袍一样，从曾经的东单楼酒吧的女老板衰落到如今街边拉客的妓女。

又是十年岁月的流逝，如今谁也不知道她去了何处，亦不明生死。这又不由得令我深深地感叹：真所谓"谎花"一谢无踪影啊。

擦皮鞋的父女俩

　　如今，擦皮鞋的生意已经算是非常踏实的行业了，可在十几年前，擦鞋匠里还包括了一些很另类的人。细想一下，擦皮鞋的价格从十日元涨到十五日元，又涨到二十日元，这一连串的涨价毫无疑问是由于后来通货膨胀导致的。不过，虽说是涨了一些价，但至多也就是现在的三十日元吧。说实话，这与其他物价的膨胀相比，也算不得什么，可以被列入价格没有太大变动的行业之一吧。对于从业人员来说，心底里也有一种担忧，担心价格涨得太高，将来生意就不好做了。从这个角度来看，擦皮鞋生意也是一个生存很困难的行业，也是有苦难言啊。

　　现在的擦皮鞋与过去相比，最大的不同就是，大家一心一意想把生意做得更加安稳。以前，五六个擦皮匠坐在路边上，一个个都把右手伸出来，争先恐后地拉客。那样子就像在讨饭一样，竞争很激烈。可是，最近这样的情景已经很少见到了。五六个人坐在那里，空闲的时候，互相之间还有说有笑的。干这一行虽然不能算轻松，但总的来说，还是比以前踏实了许多。

记得那时，人们总是对有乐町铁桥下面那些做擦皮鞋生意的人风言风语。据说，那里面还有一些人曾经做过"拉皮条"的生意。现在做擦皮鞋生意的女人们，一般都在中年以上。可在当时，会看到很多年轻的女孩也在擦皮鞋。不但年纪轻轻，脸上还涂脂抹粉。她们在给客人擦皮鞋的时候，会显出奴颜婢膝的样子。想必，都是街上那些流言蜚语给弄的吧。

从国铁田町车站到电车大道之间，也就是森永果品公司大楼前面，那里的擦皮鞋匠似乎与别处稍有不同。当中有两三个擦鞋匠，他们除了做擦皮鞋的生意之外，还兼卖一些当时的紧俏物品。可以说，就是一处秘而不宣的黑市市场。擦鞋匠们会把洋烟或口香糖之类的东西，藏在装皮鞋油的盒子里，明里暗里做着两种生意。那些东西对于现在的人们来说早已不稀奇了，可在当时，洋烟也好，口香糖也好，都不是那么容易买到的。所以，这种黑市生意就很兴隆。

我认识他们当中一个名字叫"源"的大叔，年龄大约五十岁的样子。也不知道他真正的名字是"源太郎"呢，还是"源三郎"，反正大家都叫他"源大叔"。源大叔的心眼很实在，每天只知道卖些洋烟。虽说他们放擦鞋工具的小箱子里也装不了太多的东西，至多也就能放下一些进口的口香糖、巧克力之类的小东西吧，否则就藏不住了。可源大叔别的一概不卖，就只卖几盒洋烟。我很喜欢源大叔这样的人，在他的身上，能够感受到一股倔强的劲儿。当然，我这样评价一个黑市小贩似乎有点不太恰当。可人不管走到哪一步，不管从事什么样的行业，都应该保留住做人的那股劲儿，我所欣赏的，就是源大叔骨子里的那么一股子劲儿。也许这一切只是我对源大叔的一种想象而已，人家自己或许根本没想那么多，就算我自作多情吧。我需要擦皮鞋的时候，每次都会找源大叔，而且还次次都买他的洋烟。除了他之外，我从来就没有找过别人。

"我家只有两个人在做这事儿。所以，要是谁生病了，那可就麻烦了。"

在一个寒冷的早晨，源大叔一边抽着鼻涕，一边跟我唠叨着他的苦衷。

"你是在和大娘一起做吗？"

"她早就不在了。我是与女儿搭伙的。白天我来，晚上女儿替我。天气冷，但白天总比晚上要好一些。我本来就有神经痛的毛病，晚上实在是做不了啊。"

源大叔的家住在附近的四国町。从三田道一直往田町方向走，再进入一条被称为"庆应仲道"的窄巷子，阴暗处简陋的大杂院就是他的家了。

"家里只有两间房，一间是六张榻榻米的，另一间是四张半榻榻米的，还住着远方来的三个亲戚。这么狭窄的房子里住了五个人，您说这日子咋能过得下去啊。"

听说源大叔以前是制作金银首饰的工匠，待人接物还是比较客气的，但偶尔也会变得很粗鲁。我与源大叔相识不久后，他告诉我说，他的邻居是倒卖古旧书的。所谓"倒卖"，就是设法收购一些旧书，再把这些书籍卖给各处的古旧书店，是一种最原始的古旧书生意。他们也没有店铺，就靠自己的双腿到处去讨生意。

"他那里估计也不会有什么好书。我常常听他家的邻居说，他收购人家的旧书价格特别低，差不多就是白拿一样。"

"要是方便的话，可以领我去他家看看吗？"

"我还是先跟他打个招呼吧。平时，逢'二'的日子他是闲着的。不过，外出收购旧书时，他得到处转悠，也是很忙的。他收到旧书后也不停留，直接就拿给古旧书店了，也不知道他家里还有没有你喜欢的。我女儿中午在家，就让她带您过去看看吧。"

当时，大家都在议论"帝银事件"^①，而且片山内阁全体辞职，人心惶惶。我倒是有闲心，竟然在这个时候去四国町的源大叔邻居家淘旧书。

他的女儿出来迎接我，年龄大约二十三四岁的样子吧。她穿着做饭的围裙，一边擦着手，一边拉开大门。其实，也算不得是大门，一进屋就是那间四张半榻榻米的房间。我们也就只好站着说话了。

"我父亲说到过您。邻居的松田大哥今天好像在家呢，我这就带您过去吧。他家媳妇感冒躺着呢，您可千万别在意，不耽误的。"

小姑娘穿上趿拉板，马上就带我过去了。那家也是几户合住的长栋房子，同样也是狭窄的两个小房间挨在一起。他老婆好像就在里边的六张榻榻米的屋子里躺着。

"您说这也让我太不好意思了。"

我看这个倒卖古旧书的小伙子也就三十岁左右吧。体形消瘦，见到我好像还有点不好意思，脸上笑眯眯的。

---

① "帝银事件"：1948 年 1 月 26 日发生在日本东京都丰岛区帝国银行（即后来的三井银行）的投毒杀人抢劫案，造成十二人死亡。这个案件发生在太平洋战争结束后美军占领的混乱时期，至今尚有许多未解之谜。

我把他家堆在墙边上的旧书挨个看了一遍。果然没有什么像样的东西，大多是一些猎奇杂志，还有裸体女人的插图。书堆里有几本大正年间流行的诗歌集，还有一些封面上写着"凤""西海""玉椿""驹岳"等名字的古旧相扑的名次表。我也没还价，就按对方的开价买了。

"听你父亲说，晚上你得去换他的班。你也在田町车站那边做生意吗？"

我把头转向那姑娘，问道。

"不是。我是去有乐町那边的。就在铁桥下面。那里可好玩了。"

说着，她竟像孩子似的笑出声来。

"在那里干活的一个姐姐，虽说自己有丈夫，但还在外边找了个相好的。跟这帮人在一起，可好玩儿呢。"

女孩子又一次笑出声来。在那笑声里，我仿佛听到了一点羡慕的意思。我不知道源大叔是不是知道自己的女儿有这样的想法。我想，他肯定也是个关心女儿的父亲。

阿美

汉语里有个"光"字，有时候表达的意思不太好。如果钱花"光"了，就是"一文不名"；东西用"光"了，就是"空无一物"。所以，中国人似乎不太喜欢这个字。可恰恰相反，很多日本人倒是钟情于这个字的，也喜欢用这个汉字。举个简单的例子吧，日本有种名叫"光"的香烟，在烟盒的后面用平假名写着"ひかり"（Hikari）。采用这样的表达方式还是可以让人接受的，要是满街都是"光"字的香烟广告，看上去可能就有些不雅观了。战后，日本曾经有过一个名叫"光生命保险"的公司。当我看到这则广告时，第一印象就是感到不吉利。要是稍微有点汉语知识的人，一看到这个"光"字，谁还敢买你的保险？好不容易按期缴纳的保险费用，说不准哪天就"一文不名"了呢？那该多糟糕。

我记得，那是在昭和二十五年（1950年），有个大学生开了一家高利贷公司，名字就叫"光俱乐部"。过了不久，业绩开始下跌，这家公司的社长，也就是那个大学生走投无路，最后自杀身亡。我在报纸上看到这条新闻的时候，又一次想到这个公司的名字真是太不吉利了。我的想法是，开家公司，倒也不是非要去起个什么大吉大利的名称不可，但也不应该选择这么不吉利的字眼吧。所以，每当有人找我商量起名的事情时，我都会建议对方，尽量不要用汉语里面一些不吉利的字或者词语。我的这个想法，与那些自命不凡的算命先生的说道是完全不同的。我这样提醒对方，想表达的只是一种善意。麻布的今井町通往市兵卫町的道路，是一条长长的坡道。那里曾经是濑户口①海军乐队队长的住处，周围环境非常安静。濑户口先生的房子有一扇老格子门，已经用了许多年，大概明治时代就有了。他家的大门口没有任何遮拦，正对着马路。大门设计得朴素大方，表明这里曾经的主人也一定是个品位高雅的人。这一带后来都被战火摧毁了，不复原来的样子，杂草丛生，满目荒芜。爬上长长的坡道往右拐，一直就可以走到"我善坊"。不知是什么原因，这里竟幸运地避开了战火之灾，还能看到一些古色古香的老房子。一有时间，我就会来这一带溜达，回味一下旧日时光的特殊味道。我觉得，这样既可以帮助我逃避现实的落寞感，又能体味老东京百姓的甘苦。或许，这只是我很自私的一种想法，与社会现实不大融洽。

　　"柳之段"是市兵卫町的一条坡道的名称。在紧挨着坡道的二层楼房里，住着一家三姐妹。大姐三十岁左右的年纪，二姐大约二十五六岁，小妹也就二十三岁左右吧。说起三姐妹，我马上就会

---

① 濑户口：即濑户口藤吉（1868—1941），日本音乐家，海军军乐师。出生于日本鹿儿岛县鹿儿岛郡小川町。1904年升任海军军乐队队长。

联想到契诃夫的剧本《三姐妹》，还有以前在银座的一家名叫"Three Sisters"的酒吧。对于我们这样年纪的男人来说，也是一处非常值得怀念的地方。

市兵卫町的三姐妹每天晚上都会去乌森的酒馆上班。没错，那是她们自己经营的酒馆。自家的酒馆，听起来倒是不错，可在那个年代，也就是个简陋至极的木棚酒馆罢了。酒馆里的简易地板软乎乎的，脚踩上去直打晃，椅子沙发之类的家具也没有一件像样的。就是这么一家寒酸的酒馆，只要那三个年轻的姐妹往那里一站，店里立刻就艳光四射。三姐妹当中，最漂亮的要数二姐。大姐的脸盘子大，小妹是翻鼻孔，看上去有些不雅观。二姐长得标致，身材也苗条，毛线衣恰到好处地勾勒出胸部丰满的轮廓。

我第一次见到她们时，天正在下雨。那天我正在今井町车站准备打车。就在这时，她们三姐妹过来了。我打了辆车，先把她们送回了家。后来，有次我在"我善坊"通往市兵卫町的街边散步，她们在二楼上跟我打招呼。所以，就连她们的住处我也知道了。

三姊妹中的二姐叫光子。

"光子——这名字倒也不错。可就是这个'光'字不太好。"

"您说'光'字不太好？为什么呢？以前可没人这么说过呀。虽然有人会说这名字有点土气，可简单又好记呢。"

一天晚上，我坐在那软乎乎的地板上，边喝啤酒，边与她闲聊起来。

"你不在意以后有可能会穷得一无所有吗？"

"当然不想呀。从现在开始，我们就要好好挣钱呢。"

"可是，你那名字的意思恰恰相反啊。在中国，这可是一贫如洗的意思啊。"

"是吗？可这是日本呀。没关系的，又不是在中国。"

"可是，你那个汉字是从中国来的呀。"

"哎呀，不管不管，反正大家都叫我光子。"

她坚决不认这个账。可没过多久，"光俱乐部"山崎青年自杀的案例被媒体大肆报道。

"还是您说得对，'光'这个字真的不太好。您说怎么办？要不我改名叫美津子怎么样？先生，这样总可以吧！"

"这我可说不准了。我只能告诉你'光'这个字在汉语里的含义的确不太好。"

"那从今以后我还是叫美津子吧。"

"用平假名写成'みつこ'也可以啊。"

"嗯，我反正得改一改了。"

我与她聊了好半天。看得出来，她的确很在乎这件事情。

"自从那天与您聊过以后，光妹妹每次写名字的时候，都写平假名呢。那个'光'字就真的那么不好吗？"

大姐跟我提到这件事的时候，我的心里倒又有些愧疚。何必跟人家说这种没意思的事情呢。

"我妹妹在乎这事，其实也是有理由的。她不像我俩似的，花钱没有计划。妹妹自己也有点储蓄，而且……"

"……"

"运作起来，那笔存款的利息还不少呢。"

"是用来贷款吗？"

"嗯。我想，光妹妹也就是做着试试吧。估计金额也不会太大。

您看，前一阵子不正好赶上了'光俱乐部'那件事嘛。所以，多多少少还是受了点打击吧。"

"是这样啊。那我就更不应该说那么多的话啦。"

听到这些话，我心里就更加内疚了。我衷心地盼望光子将来能有好运。可老天捉弄人，后来光子还是陷入了困境。一个是她的放款收不回来，另一个就是迷上了一个没出息的男人，结果离开了其他两个姐妹。我听到这事的时候想，或许我对她说的那些话对她起了暗示的作用。心里就一直很烦闷。

"不是您想的那样。都这年头了，借出去的钱哪会那么好就收回来的呀？光妹妹也是，看上去倒是挺聪明的，到头来还是个傻女人啊。"

大姐和小妹露出十分真诚的颜色，言语之间，充满了对我的安慰之情。

跑厕所

　　杜甫有个朋友，叫卫八处士[1]，可人们并不知道他的具体情况。据说，他始终是个平民逸士，没有做过什么官，平平淡淡地度过了一生。杜甫是在行旅中偶然与他相识的。自那次相遇之后，他们二十年没有见面。相遇当时，卫八还是独身。可由于这次相遇，卫八不仅成了家，而且家里还添了好几个孩子。一般来说，穷人家里孩子多。那天晚上，卫八请杜甫吃的是春韭菜与高粱米饭，还不断地招待杜甫喝酒。这段故事，杜甫在他的诗作《赠卫八处士》中有过详细的描写。他在诗中写道：那天，卫八把一盘炒韭菜当作下酒的小菜，最后又端来高粱米饭。想必那酒应该是白酒吧。菜虽说少了点，但那肯定是他家里能拿出来的最好的食物了。由此可以想见，卫八家的日子过得多么寒酸。不过，正是因为将卫八家的贫困作为

---

① 卫八处士：名字和生平已不可考。处士，指隐居不仕的人；八，是处士的排行。

背景，才突出了他这首诗的妙处，有了较高的欣赏价值。假如卫八住的是金楼玉宇，每天都是美酒佳肴的话，杜甫眼里看到的，就是一幅截然不同的图画了。那样的话，他的这篇诗也就失去了感人的魅力。

说到卫八，我就想起最近有个也是很久没见的老友找我喝酒的事。说来我的确是好这一口，所以，一接到对方的邀请，就兴冲冲地跑去了。算起来，我与这个老友也正好是二十年没见面了。在这二十年里，我们经过了战乱的磨难。战争结束后，恍恍惚惚又过去了十年。其实，这样的情形，对于我们这一代人来说，是再正常不过的事情了。对人们来说，经过那么一场惨烈的战争，想要平复内心的创伤，是件多么不容易的事情啊！更何况，我又是个从心底里盼望着能够与老友重逢、把酒叙旧的人呢！经过这么多年的"洗礼"，我们终于恢复了常态。时隔二十年，老朋友才有心情找我喝酒。然而，我这朋友的日子并不像卫八那样过得清苦。所以，他款待我，与卫八的炒韭菜下白酒，是有着天壤之别的——在隅田川对面的一家灯火辉煌的高级饭庄里，十多名老少歌妓川流不息，平添了酒宴的豪华氛围。我本来就是个俗人，刚才侈谈杜甫的那首诗，还说什么因为背景寒酸，才使得他的歌咏更加感人至深。可是，一旦进入这美女如云的天地，被娇声莺语围作一团时，还是满心喜欢，觉得很享受的。酒席宴上，白檀扇子的香味与香奈儿的香气交织在一起，还真熏得人有点昏昏沉沉的。当那纤纤细手端起酒盅送到唇边时，我仿佛觉得就连酒味都变得别具风味了。这样的场面，与独自一人在居酒屋的角落里细酌慢饮，完全是两种不同的感觉。

这里原来就是风雅场所，所以许多老妓都精通古乐。我便点了一曲《都羽二重拍子扇》，并且告诉她们不必过于在意管弦低声的音调，可她们还是唱得跑腔跑调的；还有那《品川八景》①，原本是一支韵味隽永的曲调，却也唱得不遂我意。但是，这些歌妓果然是千锤百炼，万事没有疏忽，她们是绝不会让客人失望而归的。所以，我在她们频频的劝酒之下，也是越喝越兴奋。

原本，我就是个很单纯的人，连身体的反应都那么直接。所以，酒一喝多，就得不停地跑洗手间。这里的习俗是，每当客人去洗手间时，都会有一个最年轻的艺妓相陪。对于这样的习俗，我原本是不以为然的。以前，艺妓们最多也就是提只纸灯笼给客人指点指点路径，候在厕所门口，恭敬地给客人递上洗手的水舀子。可没想到的是，现在这种习俗已经演变到了极其荒唐的地步。有一次，我在一家小酒馆喝酒，一个艺妓随我到厕所。没想到当我走出厕所时，却看到那个艺妓正在"吧嗒吧嗒"地吹着酸浆皮。看到这样的一幕，我立刻连喝酒的兴趣都没有了。

老朋友请我的那天晚上，我还是像平时那样去了好几次洗手间，弄得自己连《品川八景》的曲子也听得不入耳。匆匆跑厕所，又匆匆回座位。每逢此时，都会有一个艺妓陪同着我。我环视了一下周围，虽说还有一些更加年轻的艺妓，但陪我去厕所的，却一直都是坐在我旁边的那位二十七八岁的美人。她楚腰纤细，朱唇玉齿，粉面含春，女人韵味十足。一开始，还以为她只会陪同我一次。没想到的是，后来每次都是她。我想，服务做到这个份上，客人只有心服口服了。身边有美妓相扶持，如梦似幻，真的令人陶醉不已。因而

---

① 《都羽二重拍子扇》和《品川八景》都是日本江户时代流行的曲目。

我跑厕所的时候，心里洋洋得意，仿佛自己已经是天下盟主一般。

"先生，那个……我有句话想跟您说……"

没错，耳畔兰风般吹过的，就是那位美妓的声音。在走廊的角落，一个避人的僻静之所，弥漫着香奈儿的幽香。

"先生，我跟您说这话，您听了可千万别生气啊。这件事，除了您，我也是没有人可以商量的。"

我咽了口唾沫。我是她唯一可以商量的人？该不会是钱的事吧。我想，这位"香奈儿女士"还能有什么事情要跟我商量呢？要不就是情感方面的问题了。如果真是那样的话，也很不错啊！

"您要是方便的话，改天我们能不能一起吃个饭？我知道，这样做是有点不懂规矩。"

"只要是我能够办到的，你尽管说。不过，方便透露一点吗？"

我的回答显得有些慌张，对方听起来也许会感到很别扭。

"哦，我有个小儿子明年想考庆应大学的附属小学，想请您帮个忙。"

真没想到，她要"商量"的竟是这事。我这人也太糊涂了啊。忽然，我的脑袋开始清醒了，香奈儿的香味也变得越来越淡了。我悄然回到自己的座位上，心里想，虽说杜甫在卫八的家里没遇上什么风流的事情，可也肯定没有人与他商量什么考学的事情吧。从这个意义讲，如今的日子依然不好过啊。

梦若彩虹

现代的人们早已忘记如何享受闲暇时光了。这实在是一件无可奈何的事情。人们每天必须努力工作，不然就会出现生存危机，因此也渐渐失去了享受闲暇的心境。白领阶层每天上班下班，眼前闪过的都是地铁上的各种商业广告画面。周末到了，买点现成的盒饭，领着孩子们去游乐场玩一会儿；要不就躺卧在家里客厅的沙发上，把报纸从头看到尾看一遍；还有的找把镊子，一根根地往下拔胡须……也许，这就是他们打发闲暇时光的最好办法了。享受清闲已经是现代人的奢侈，这种说法其实不无道理。翻翻旧书，能看到一些关于"休闲的最高境界"之类的评论。例如，《醉古堂剑扫》①

---

① 《醉古堂剑扫》：又名《小窗幽记》，明代陆绍珩（一说是明陈继儒撰）所著小品文集，分为醒、情、峭、灵、素、景、韵、奇、绮、豪、法、倩十二集，表现了文人淡泊名利、宁静致远的陶然超脱之情。

一书中就提到关于"清闲"的概念：在小房间里安置一张睡椅，点燃一支香，边喝茶，边翻翻书。若是不耐烦了，就步出屋外，躲到松树或梧桐树下，迷迷糊糊地打个盹儿。当然，也有高雅一点的。他们边溜达，嘴里边叽里咕噜地吟几句诗……书中还有一些诗意的描写，例如：坐在春天的夜空下，看着月亮从木樨树上升起。这样的景观，对于长期劳碌的人们来说，无疑是一种心爽气闲的享受。美好的心情恰似白玉般完美无瑕，仿佛又一次见到了梦中的她……这样的心境，无疑是受到了"富士卧莹雪，月华倾泻树林间，疑是玉人来"那首美妙的俳句的影响。通篇读来，大致都是这样的格调。想必这种境界与那些为柴米油盐而劳碌奔波的现实生活相比，应是天壤之别。因而，人们越是往后读，心里便越是会产生一种难以认同的反感。

可是，又有谁不想更多更好地享受闲暇时光呢？要是可以在没有钱的情况下也能享受的话，那该有多好啊！事实上，无论是钓鱼，还是外出游玩，只要与休闲娱乐稍微沾上点边，都是离不开经济的支撑的。就更不用说那些盆栽、养鸟，以及收藏瓷器等高雅的兴趣爱好了。虽说世上最廉价的爱好是读书，可要是两三天就买一本新书的话，加起来也是一笔不小的开销。如果这样的消费水准持续一个月的话，想必年轻上班族的工资就会难以承担。

那么，还是让我们再重温一下那部《醉古堂剑扫》吧。其实，刚才我只是说了一说自己对这本书的初步印象。在现实的生活中，很少会看到山林之间的茅屋，也没有几个人会平白无故地在木樨树下待着。我想，普通的百姓哪有心思去模仿那样的生活方式？其实，休闲的概念是潜藏在人们内心深处的，通过日常的修身养性，完全能够培养成这样的心态。不管是在早上的班车里，被人群挤得喘不过气来也好，还是午饭的饭菜不怎么新鲜美味也好，我们都有能力去超越那种心里的郁郁不乐以及愁闷，而使自己的心情始终保持一种清爽的状态，让生活的每一刻都如同彩虹一般的美丽。若想修炼成这样的心态，我们就不能如前所述那样无所事事。首先，我们要有享受闲暇的激情。那样即便是写字楼里那张百无聊赖的办公桌，在你的眼里也会变成田园闲居中的桌子。你就会把那些络绎不绝的出租车、大卡车看成是在山林中奔跑的野生动物，你就会把高悬在写字楼上空的月亮视为溪谷之间的明月，你就会把公寓窗户边上的风铃响声当作山间野鸟的啼鸣之声，你就会把十年相伴的老婆的睡脸，也看得婀娜多姿。这样一来，那些心理上的障碍就会慢慢地烟消云散。我这样说，绝非是虚幻的空想。这就如同我们的祖先曾经创造了能乐①那样，完全是一种与现实相脱离的、纯粹的艺术形式。再有，我们要是立志享受休闲的乐趣的话，就必须创造出自己独特的方法，并把这种创造完全与自己的生活紧密相连。唯有这样，才能真正打开通往自由世界的门窗。那样的话，我们也可以将之称为"新象征主义"吧。

---

① 能乐：日本传统的艺术形式之一，是日本重要的非物质文化遗产、世界非物质文化遗产。

消失的叫卖声

如今的街道上，早已听不到小贩们的叫卖声了。且不要说那些繁华的大街了，即使是阡陌小巷，也没有了小贩们卖货的身影。自然，那些或高亢或低沉或带着唱腔的叫卖声，都已经消失在历史的烟云之中。我不太理解这样的现象，实在是出于对以往生活的一种深切怀念。有时我会问自己：那些充满生活气息的声音为什么就全都消失了呢？现在的孩子们根本想象不出来，新年来临之际，那些遍布大街小巷的小贩们是怎样地与自己擦肩而过，是怎样热情地叫卖着年货。对于如今冷冷清清的节前景象，我从内心感到一种悲凉与寂寞。

人们生活方式的改变，赶走了那些走街串巷的小贩。最显著的一个变化是，现在的人们都是自己前往商场购物。但更重要的是，人们开始以合理性来判断各种事物，并且更愿意在更大的范围内做选择，而不再像以前那样，做一对一的有限选择了。这种趋势的流行，完全剥夺了小贩存在的理由与意义。如今，流动小贩也只能在人们的懒惰之中寻找到自己有限的存在价值。例如，卖豆腐的小商贩们，会在人们做晚饭的那段时间里，吹着喇叭走街串巷。这样，那些觉得为了一块豆腐不值得跑商场的人们，就会乐于给他们带来生意。也就是说，那些做小贩买卖的人，只有抓住了这样的需求，才能生存下来。可是，如今就算是这样的豆腐买卖，小贩们也都改用自行车载货了。行走的速度加快了许多，角落的喇叭声响起来的时候，要是不及时冲出家门的话，人家很可能已经疾驶而过了。再说，现在卖豆腐的小贩也是今非昔比。哪像过去的小贩，实心实意地为客户卸下货箱，认真听取客户要求，巧用各种刀法切分豆腐。也就是说，卖豆腐的小贩既没有了过去那么丰富的品种，更没有了过去那份贴心的服务，生意越做越刻板了。现在，你还能在吹喇叭的间隙听到小贩们"豆腐咯——"那种特意拉长尾音的叫卖声吗？在我的脑海里，那高亢的吆喝声犹在耳畔，是如今怎么动听的声音也无法比拟的。

　　我还记得当年再次去中国的时候，让我最兴奋的一件事就是，在街上又一次听到了小贩们充满活力的叫卖声。当我跟别人提起这件事情的时候，对方还不以为然地讥讽道：那是因为中国还没有彻底摆脱旧文化。我是绝对不赞同这种说法的。如果有人以此来证明中国落后的话，我认为这是他们看问题的方法出了问题。恰恰相反，我觉得这是人们对生活的深切的情感的体现。卖布料的摇鼓，磨刀具的敲打铁片，演木偶剧的敲铜锣，补锅的、收破烂的拉长声音大声吆喝……这些一如既往的来自大街小巷各个角落的独特的声响，是那么充满着生活的气息与情趣。我想，虽然用不了多久，这些小贩的买卖也将会与国家大规模的建设相融合。但不管怎样，那些独特的响声，那些小贩们的叫卖声，应该还会持续存在下去吧。让我们再回头看一看如今的东京，那些根本就不懂得爱惜生活的人们，正在彻底毁坏历史遗留下来的东西——这是多么愚蠢的举动啊！真的应该彻底反思了。

在中国，人们迎接新春佳节的时候，街上会出现许多卖"门神"年画、卖芝麻秆和柏树枝条的小商贩，他们沿街叫卖，喊出各种意味深长的声音。"门神"年画，指的是一种贴在大门口辟邪的"门神"画像。卖画的小贩喊的是："门神嘞——"有趣的是，卖门神年画的小贩，用自己的叫卖声来通报"门神"到来的消息，然后才开始卖画。过年时，姑娘们喜欢在头上插石榴花。街上那些卖纸花的小贩就会肩扛纸花，嘴里大声喊着："石榴花嘞——快来挑啊——"据说，现在戴石榴花的姑娘越来越少了。所以，做这种生意的小贩也就失去了生存的依据，变得越来越少了。在北京，每逢春天，就会有许多卖花的小贩从丰台进城来。奇怪的是，那些小贩卖花时并不叫卖。在中国的古诗词里，我总能读到关于小巷中卖花的叫卖声。这就是说，以前在南方还是能听到小贩卖花的独特叫卖声的。有一位叫赛缪尔·康斯坦丁的男士曾经写了一本关于北京小贩的书籍，书中描述了各种小贩的声音。我在西单商场找到了这本书，至今还珍藏在我的书架上。现在，住在完全听不到叫卖声的东京，我就只好经常把这本书拿出来翻一翻，至少也能解除一点自己心中的郁闷罢。

夏日之妙境

　　我有时候会问自己：日本人最欠缺的东西到底是什么？对于这个问题，也许人人都有自己的答案。我的答案是悠闲与稳重。我一点都不喜欢日本那些所谓咖啡店的氛围。每次在咖啡店里喝完一杯咖啡，感觉就没法再待下去了。也就是说，一旦喝完咖啡，便会立刻萌生出一种赶紧逃离的冲动。所以，我从来都是进去之后，稍稍待一会儿就要匆匆离开的。我知道有些人会在那里坐很久，在那漫长的时间里，一点一点地呷着咖啡，侧耳聆听店堂里播放的贝多芬《第九交响曲》。我完全没有办法像他们那样消磨时间，并且一想到这种情景，心里就会有一种难以言说的郁闷。我认为，类似在咖啡馆里坐着这种耐性，既不属于所谓的从容，更不等于稳重。相反，它给了人一种孤独而又吝啬的印象。我以为，"旷达"这个词汇的语境里，至少应该包含着一种更加宽大的胸怀。也就是要对人生抱有乐观、积极的态度。我做出这样的阐释，或许有些人会觉得是小题大做。但不管怎么说，这与那些一边闷闷不乐地听唱片，一边慢悠悠地喝着冰凉咖啡的人相比，是完全不同的两种境界。另外，还有那些乱七八糟、没有任何情趣可言的地方民宿。黑暗的灯影里，屋子里摆着连门都关不严实的家具，饭菜根本就无法下咽……如果说，那些待在咖啡店里不肯离去的人们，是为了逃避失落的话，或者说，除了这种逃避的方法之外，再也找不到别的出路的话，那就只能说是更加可悲了。

再想想那些在居酒屋喝酒的人，虽然也是一点点地在品尝，但绝不会让人联想到"困窘"这个词语。即使餐桌上只有一盘海参肠或是一块豆腐，也同样会有一种温馨的感觉。虽说菜色简单，可也算是一种丰富的人生享受吧。所以，这种消磨时间的方式，虽然有些勉强的因素，却也属于从容与稳重的范畴。其实，我在前面所说的悠闲与稳重是需要具备一定条件的。要是从严格的意义上来说，在居酒家喝酒的那种氛围，也并不完全符合我的条件。

第一，不会因为买单而有忐忑不安的感觉。第二，绝不能把注意力放在旁边坐的客人的身上，更不用说去观察他们都是些什么样的人了。第三，端菜倒酒的女服务员虽不必都貌美如花，却也得给人一种清爽的感觉，这一条是特别重要的。据我观察，其实大部分居酒屋是不符合这三个条件的。比如，一盘咸菜加上一块豆腐这样的下酒菜虽然简单，可要是再喝上几瓶好酒的话，价格也就相当可观了。再比如，酒一多，难免就醉了，就很难抗拒其他客人的搭讪。加之店堂狭窄，邻桌之间也难免要说话聊天。而且，在这种场合遇到的女人，大多是晚妆妖娆，红颜粉黛，媚态万种……如此，居酒屋的气氛就与我开出的"条件"相距甚远了。也就是说，从严格意义上讲，居酒屋也并非是一个可以让人悠闲而又能够保持心态稳重的地方。

就这一点而言，中国的情况就不同了。不管在哪一座城市，都有可以让人放下心来的悠闲场所。最让我难忘的是北京。在中央公园里，有数百棵老槐树，树荫下摆放着数百张铺着白布的小桌子。在那里待上两三个小时，甚至大半天的时间，喝茶也好，饮酒也好，都是一种难得的享受。那才叫真正的享受人生的乐趣呢。每当夏季，在城北的什刹海，有十里荷花的清香可闻。在柳荫下的苇棚茶馆里，有香茗与灿烂的阳光可以享受。这种感觉在别处是很难体会到的。在日本好像很少有这种放松舒适的环境与氛围，也很难找到那样悠闲自在的感觉。那么，在日本，要是想找那样的场所的话，又应该去哪里呢？要是问我的话，我会毫不犹豫地说：非啤酒馆莫属。可以说，啤酒馆就是日本这种憋屈的环境里的唯一的"绿洲"。

这仿佛是在城市里唯一保存下来的清泉，又好像是与喧嚣隔离的美丽花园。啤酒馆里从来没有出现过赊账之类的情况。换言之，这里所提供的酒菜价格，绝不会给客人带来支付不起的担忧。这也是悠闲环境应该具备的首要条件。我从来都没有听说过有人因为常去啤酒馆而倾家荡产的。也许，常客当中会有一些人遭遇过金钱上的困窘，但这与他们喜欢去啤酒馆没有任何的关系。有常去酒吧导致家产败落的，也有常去高级餐馆导致类似情况的，可在啤酒馆，从来没有听说过有人陷入困境的。从这一点来说，可以断定啤酒馆是一个宽容的场所。

在啤酒馆最兴盛的时候，店里每天都是人头攒动。谈笑风生者有之，高谈阔论者有之，牢骚满腹者有之。有的人喝得满脸通红，有的人怎么喝也声色不动……酒客们千姿百态的表情，活脱脱给啤酒馆勾画出了一幅生动无比的画卷。有趣的是，来这里喝酒的客人从来不会因为失态而乱来。不光看不到吵架的人，就连胡乱搭讪的人也几乎看不到。从这个意义上来说，这些人与那些喜欢在小酒馆喝酒的人，还有那些慢条斯理地喝咖啡的人，显然不是一类人。而且让我感到意外的是，在这里喝酒时，人们从来都不会对那一阵阵忽然掀起的笑谈声感到厌恶。酒桌与酒桌之间好像完全是被隔离开来，各自喝自己的酒，各自聊自己的天，谁也不干预谁。这是一个多么奇妙的空间啊！简直就是神秘的天堂。这样的氛围在那些居酒屋里是找不到的，也是在其他的喝酒场所不可能体会到的。

喜欢去啤酒馆的那帮人，所欣赏的就是那种氛围。他们来这里的目的就是喝酒，而绝非冲着那些艳俗媚态的女子。所以，在啤酒馆服务的女孩子们，也只是单纯地做好自己服务的本职工作，服务的内容显得很单纯。也许，酒喝到一定的份上，醉眼蒙眬之中看少女们的模样，难免会有些浪漫的色彩。可面对那些真诚无垢的少女，醉汉的糊涂心思也就转瞬即逝了，只得将暧昧的念头暗收心底。这对于那些喜欢来这里喝酒人来说，也许未必不是一种难得的享受。话说到这里，也表示了我对啤酒馆的一种诚意。我坚信，这里才是最适合喝酒的地方，也可以说是当今日本最能让我静下心来的地方。欢迎你到啤酒馆来！那是一个能够给予你无尽乐趣与勇气的好地方。

空虚的逸乐

　　我认为，战后的日本人，要比战争中以及战前幸福了很多。我这么说，或许会有很多人不太理解。但我想，人们终于能够从那种强横的被绑架的压迫中走了出来，在精神上得到了解脱。由此可以说，人们的生活比过去轻松了许多。

　　先让我们来看一看战后这十年的情形吧。毋庸讳言，这十年来的确发生了许多过去难以想象的荒唐事情。或者说，给我的印象就是眼前一片黑暗。造假酒、团伙盗窃、贩毒、卖淫，等等恶行不胜枚举。这一切，对于我们这一代人来说，真是刻骨铭心，仿佛就发生在昨天一样。最近，少年的恶性犯罪依然不断发生，而像盗窃自行车之类的案件几乎每天都有。说到这里，可能会有人要说了：战争期间，包括战前，哪里见到过这么混乱的社会秩序？我不能说这种说法没有一点道理，但我为什么还是要说日本人比过去生活得幸福呢？最大的理由就是，人们慢慢地开始摆脱那些曾经让自己感到压抑的东西了。每个人都开始有自己的主张，开始思考自身存在的意义了。这是一件多么令人兴奋的事情啊，这才是真正值得珍惜的。例如，在一个小家庭里，子女们没有必要盲目服从父亲的决定，女人们也不需要为了男人永远忍气吞声。一个人只要有正当的理由，就可以公开地主张自己的权益。这对于当今的日本人来说，无疑是一个很大的进步。我想，大概没有一个人会否认这种发展趋势的积极意义吧。而且，朝着这样的发展方向不断前行，坚信我们的未来将是充满希望的。既然这样，那么我们又应该怎么去看待目前混乱的社会现象呢？你也许会问："你难道一点也不感到担忧吗？"我的回答非常简单，那就是：没什么可担忧的。

你看那些骗人的假酒现在不是没有了吗？毒品不是也基本上消失了吗？街上的娼妓不是也比原来少了许多吗？同样的道理，那些正在横行的少年恶性犯罪、盗窃自行车犯罪，用长远的眼光去看，都会随着时间的推移而逐渐减少的，最终一定会销声匿迹。就此而言，我承认自己也许是一个乐观者。并且，我还认为，这世上的人都应该像我这样，乐观一点才好。当然，生活在这个世界上，我也并不主张人们对所有的事情都这么乐观。因为，在有些方面，确实是无法乐观起来的。坦白地说，在我的内心深处，直到现在还存在着很多难以化解的忧虑。说到这里，我不得不把自己对日本战后潜在的最大的"恶"的问题挑到明处。因为，这也是我最大的忧虑之处。

战争结束以后，在社会迅速复兴的同时，人们的思想也在发生着日新月异的变化。可以说，人们比过去更加沉湎于逸乐了。这种欲望的疯狂滋长，已经到了难以想象的地步。而且，随着社会复兴速度的加快，人们就更没有时间去认真思考自己的所作所为。所以，许多人就不加选择地攫取那些唾手可得的快感。可以这样说，如今，逸乐给人们所带来的享受几乎没有止境。并且，社会各种恶的根源，都与人们不断追求逸乐而膨胀的欲望分不开。比如，那些各种病态的好色趣味、贪污、贿赂……这些现象的症结，都可以在人们永不止息的逸乐欲望上找到根源。

就说我自己吧，原本就是一个庸俗之辈，要说"口耳之欲"①的话，一点儿都不会输给别人。眼里既喜欢看美色，嘴里更喜欢吃美食。如此这般众多的嗜好，就连自己都感到无可救药。但我觉得，自己的这种欲望与有些人的战后逸乐趣味截然不同。因为，一味追求逸乐的欲望，只能获得短暂的快感而已，从来不能真正进入精神层面，也绝无清静之感。无论如何，我也欣赏不了那种毫无清静之感的逸乐之乐。这么说，也许有人要嘲笑我的想法过于陈旧。我也并不否认这个事实。但我所忧虑的是，人们热衷于追逐那些"冲浪式"的逸乐，迟早会导致人类自身的毁灭。

在中国的晋代，众多的隐士隐居在竹林之中自得其乐。谁能说他们不是逸乐的高手？可不同的是，他们的精神世界充满了寂寥与哀伤，正如瓦尔特·佩特②的小说《享乐主义者马利乌斯》中所描写的青年马利乌斯那样。我认为战后最大的"恶"就在于此。人们失去了精神上的寄托，沉溺于肤浅而又不可自拔的欲望之中。这些腐蚀灵魂的东西，最终导致人们不能自拔。我知道，有许多人对我的

---

① "口耳之欲"：孟子认为人的口耳之欲会使人丧失善的本性，会把人性降低为动物性，所以，要求人们清心寡欲。

② 瓦尔特·佩特（1839—1894）：英国作家、批评家。出生于伦敦，曾在牛津大学求学，毕业后从事教学和写作，并游历欧洲。

这种看法持不同的意见，但我还是坚信，抱有这种想法的，绝对不止我一个人。

布包袱

现在，好像很少看到用包袱皮装东西的学者了。前几年，要是大街上看到西服笔挺、手提大包袱的人，那肯定是做学问的人无疑。因为一大堆书籍，要是用大包袱装的话，绝对比用其他任何东西装都要随意、方便。我上中学的时候，有位名叫原田淑人的历史老师。那时的原田老师还很年轻，是东京大学考古专业的讲师。用现在的话说，他是来"打工"的。我们的中学是他的母校，所以，每周他都会特意来给我们上课，给我们这些中学生讲授历史。原田老师个子不高，每当看到他肩上背个大大的布包，从小川町（老师那时住在神田小川町天下堂的后面）往淡路町的校园走过来的样子，我们都觉得很有趣。从远处看，觉得不像是老师背着包袱，倒像是老师被一个大包袱拖着往这边移动。

上了大学以后，如今已经辞世的幸田成友和加藤繁两位老师，也都是夹着包袱来讲课的，这给我留下了很深的印象。两位老师拿的都是麦斯林纱布的布包袱，而且总是喜欢在里面装许多书。他们行走在校园里，简直就是一道不错的风景。原田老师也好，幸田老师也罢，或者加藤老师，他们包袱里基本上都是汉语或日语的书。我想，汉语与日语的书装裱得都不算重，所以他们才能一下子拎得动那么大的包袱。假如是西洋书籍的话，肯定就没有力气拿了。

与谢野宽①先生生前也喜欢背着大布包袱来上课，但与其他老师不同的是，与谢野老师的布包袱不是麦斯林纱布做的，而是在高岛屋专门定做的锦纱布包袱。大概是因为那个时期，他的夫人晶子在高岛屋百选会当顾问吧，所以，他包袱的布料上都有石井柏亭②、山下新太郎③、正宗得三郎④等著名画家所绘的图案。包袱皮的各种设计也都豪华至极，优美至极。所以，与谢野老师出门时，每天就像换各式的领带那样，挎着各种不同图案的布包袱，实在令吾辈耳目一新，惊艳不已。

现在的学者们，大部分都与上班族一样，拎着公文包去上课。但我依然认为书籍用大包袱来装，更便于随身携带。这样的变化或者也表明了，如今的学者已经不再是什么特殊的职业了吧，其装束也与常人没有什么区别了。过去那种穿着西服背着大布包袱的打扮，现在想起来倒觉得有点像古代的事情一样了。那种看起来不太协调

---

① 与谢野宽（1873—1935）：号铁干，日本著名明星派抒情诗人，长期担任庆应大学教授，活跃于明治时期至昭和前期，其夫人是著名文学家与谢野晶子。

② 石井柏亭（1882—1958）：日本版画家、西洋画家和美术评论家。

③ 山下新太郎（1881—1966）：日本西洋画家，日本艺术院会员，"二科会"以及"一水会"的创始人之一。

④ 正宗得三郎（1883—1962）：日本西洋画家。

的装扮，反而能给人一种独特的趣味，也向人们展现学者所特有的个性风格。

　　我以前也是背着布包袱去上课的。可现在更多的是拎着公文包。这大概也说明，我是个平凡的人。当别人背着布包袱的时候，我有时还会特意去拿公文包呢。因为从学生时代起，我就喜欢公文包。因为喜欢公文包，所以我一直都有几个不同形状的包，平时换着用。朋友们还笑话我说，那是因为在我的内心深处，始终有一种恋母情结。如今，当我偶尔背起布包袱的时候，心里就会自然而然地想起那几位记忆中的老师。

鹦鹉

　　佐藤春夫有一篇很传奇的文章，说从鹦鹉的嘴里能够知道发生在它前主人身上的故事。

　　当然，这个故事是虚构的。我也疑惑，上哪儿去找这么有才华的鸟儿？我从小就对于这种可以说人话的鸟有很深的印象。自从外祖父去世后，我外祖母就卖掉了麴街的房产，躲进大井町的滨川隐居了起来。

　　从明治末期到大正时期，不知从哪里来的河水，一直流进繁茂的竹林，又在那里分成好几股，最后流到了外祖母家庭院的池子里。虽然庭院的采光很不错，可在某些角落里还是会长出一些青苔。那些青绿色的苔藓就别说有多么清新迷人了。外祖母经常坐在庭院里，望着那些苔藓，欣赏着那翡翠般的绿色。并且每次都好像忘记了时间一样，一坐就坐很久。

　　家里茶屋走廊边养着一只鹦鹉。鹦鹉被关在狭窄的笼子里，看上去很憋屈。可它好像一点也不在意，该吃的时候吃，该喝的时候喝。有时，它会把脑袋伸出笼子，好像在乞求主人帮它挠挠脑袋；有时，它还会亮起嗓子叫几声，好像日子过得挺悠闲自在，一点都不无聊。尤其是在用喷水壶往它身上洒水的时候，那洗澡的样子看起来真是舒服极了。当我用棍子或筷子轻轻敲打笼子边时，它还会把脖子伸出来，意思是让我给他挠痒痒。

外祖母家的那只鹦鹉好像也学不了什么词语。一般鹦鹉都会说的那两句话"早上好""再见"，它却不会说，会说的话语出惊人。它最喜欢说的一句话是"买单"，另一句话则是"酒"。而且在说"买单"的时候，听起来还像是某个地方的方言。不过，发音很清楚，就是"买单"这句话。

这只鹦鹉总是放在嘴边上的这两句话，也不是来外祖母家之后才学会的。从鸟店里买回来的时候，它就已经会说这两句话了。但鸟店的老板也并不清楚鹦鹉这两句话的来历。

要是按照春夫先生文章的思路来推测的话，这鹦鹉过去一定在人来人往非常热闹的地方待过。那么，应该不是一般的家庭了。有可能是在一家饭店里，但即便是饭店，也不会是很高档的饭店。要是高档的饭店的话，餐桌上也不可能放鸟笼子的。大概就是那种普通的小酒馆，或者是小饮食店吧，在账房旁边挂只鸟笼子，讨顾客喜欢而已。想必，这只鹦鹉不断听到客人们大声说"买单""酒"这类的话，不知不觉也就慢慢地记住了。

鹦鹉瞪着一双眼睛一直发呆，也不会说什么其他的话，所以，我也就没法再猜测下去了。不过，它偶尔会像是想起什么似的，突然发出尖利的笑声。如果这只鹦鹉真是在饭店里待过的话，那么，这种独特的笑声也一定是从那里学到的。它好像只有在对某件事情感兴趣时才会发出笑声，又好像只有在特别快乐的时候才会开怀大笑。可鹦鹉平时的表情却总是那么严肃而又冷峻。这种反差很大的表现，让我感到十分有趣。我最喜欢听它的笑声，比听到那两句话都要有意思。但并不是总能听到，它只是偶尔才会显露一下，真让人琢磨不透。

"听说鹦鹉寿命大概八十年左右，你看它只有三四十岁，还有得活呢。"

我记得外祖母经常一边看着鸟笼，一边这样跟我说道。她那时已经快七十岁了。可我想，她说这话，绝不是因为羡慕鹦鹉的寿命脱口而出的，而是感觉到自己的寿命不会太长久了，心里感到寂寞吧。

外祖母是在战前去世的。她去世后，鹦鹉也被送走了。要是战争期间没有被战火烧死的话，它应该还在什么地方活着，并且一如既往地重复"买单""酒"那么两句话。要是有八十年的寿命的话，现在应该还活得好好的吧。

在一个三社祭①的夜晚，我陪同一位土生土长的东京姑娘去浅草。走在热闹的仲见世商店街上，简直就是人山人海。突然，她对我说，自己家里正喂养着一只鹦鹉。她家住在吉原附近，平时很少穿和服，基本上都是一身洋装打扮。每次一听到她那清脆而又充满活力的声音，我感觉自己连走路的脚步都变得轻快了。这时，我的

---

① 三社祭：每年5月在日本东京都台东区浅草的浅草神社举行的例行大型祭祀活动。以前分为观音祭、船祭与示现会等三项祭祀内容。1872年开始，确定为5月17日、18日两天举行祭祀仪式。现在为5月的第三周，即周五、周六、周日三天。祭祀的正式名称是"浅草神社例大祭"。

心里好像忽然产生了一种错觉——我外祖母家的那只鹦鹉，说不准现在就流浪到了眼前这位女孩的家里呢。我似乎可以想象得出，那只鹦鹉在不断地对姑娘说着"买单""酒"这两句口头语的样子，有时还会出乎意料地笑两声给她听听。

"你家那鹦鹉会说什么话吗？"我问那女孩道。

"我家那只还真不行，一句话都不会说。"

女孩的笑容是那么灿烂，完全是一副天真烂漫的模样。此时此刻，我才仿佛从幻梦中醒来了一般。

早春花信

　　也许是因为今年的天气太寒冷了，各地梅花开得好像比往年要晚了许多。热海①的气候虽然暖和，可那里梅花也刚刚才开了三成。也不知道比热海更寒冷的水户②的梅林什么时候才能开花。

　　无论是梅花还是樱花，开花总是让人们心生喜悦。尤其是梅花，她开花的季节比樱花还要早一些，也可以说是报春的使者吧。虽说梅花没有樱花开时那么热闹，但总归还是令人心旷神怡。当然，每个人的审美都是不同的，就我来说，更加喜欢的还是梅花。"暗香浮动月黄昏"，那种意境是在樱花的花季里难以体会得到的。

　　如今，在日本的各个地区都能看到梅花。但在过去，那可是"异

---

①　热海：位于静冈县最东部的温泉城市，与神奈川县接壤。

②　水户：位于日本茨城县中部的城市，是茨城县的县府所在地。该市留有德川家康时代的许多遗存。

国之花"啊。《万叶集》^①第五卷里一共有三十二首关于梅花的短歌。我想,在那个时代,人们一定是从梅花幽幽的芳香中,寻找到了汉文化的新鲜气息。想必当时,人们对梅花的情感,一定与现代的人们存在着很大的差异。如果不能深刻理解当时梅花所含有的异国风情的话,是很难读懂《万叶集》真正的意蕴的。

走在春风里,人们到处都能闻到水仙花的香味。水仙这种花卉,对于现在的人们来说,已经司空见惯了。水仙当然也是从中国引进的花种。多少年来,日本人从来都不叫它"水仙花",而以"水仙"这个名称代之。我们从宋代黄庭坚"钱塘昔闻水仙庙,荆州今见水仙花"的诗句来看,可以认为,在中国,人们也一直是把水仙花当作"花神"来祭奠的。

明代的著名戏曲家梁辰鱼,在他的诗词中是这样描述水仙花的:"绕砌露浓空见影,隔帘风细但闻香。"从这首诗中可以得知,中国的水仙花是有香味的。而传到日本的很多花种,如兰花等,都失去了原有的芳香。我对这一点感到非常惋惜。所以,像梅花这种可以保留清香味道的花,实际上是非常宝贵的。

另外,在中国,人们还将水仙花称为"银台金盏花"。怎么能把那么纯洁又秀美的水仙与金银相提并论呢?这种过于华美的形容,根本就不符合水仙花清丽而脱俗的气质。我想,这应该还是人们的鄙俗意识在作怪吧。都是来自中国的名称,我以为,还是"水仙花"

① 《万叶集》:日本现存的最古老的和歌集。公元760年前后编辑出版,全20卷,收入和歌约4500首。《万叶集》收入了上至天皇、皇后,下至普通民众所创作的和歌,可以说是无所不包。收入作品的时代跨度也很大,从仁德天皇(4世纪)至奈良时代(8世纪)。

这个名称更能传达她本色的美感。

从二月到三月，北京的花谱里还有一种叫"玉叶梅"的花卉。早春时节，遭遇强风袭击的北京城，弥漫在一片昏黄的尘埃里。而玉叶梅恰好就在此时盛开，迎着那滚滚的风尘，美丽而又坚强地绽放。生活在北京的人们，会从玉叶梅这个名词里，收到春天即将来临的花信，而我却怎么也找不到与之相匹配的日语词汇。

东京战火之后

　　一场战火，整个东京被烧毁了大半，可谓一片狼藉。但是，我却觉得那些被烧了的地方充满着情趣。我说这样的话，必定会遭到许多人的唾骂。但实话实说，当时东京的情景确实很有意思，这是没有办法改变的事实。不过，我想说明的是，在我所说的"有意思"之中，还包含着稀罕、恐惧和心痛等各种复杂的情绪。说起来，虽然如今社会上还有许多作恶的不良少年，还有各种招数莫测的美人计，种种令人提心吊胆的案件还在不断发生，可是，与既往不同的是，这些案件发生之后，会有人在报纸上披露，开始引起人们广泛的关注了。这就说明社会开始抵制这些恶性的东西，人们也开始有了警惕的意识。要是政府的管理部门能顺应民意、加强监管的话，平民老百姓的人身安全也就自然有了保障。昭和二十三年（1948年）前后，电车上常常会遇到外国人组成的犯罪团伙，小偷也很猖獗。而街角上、铁桥边、地铁的出入口处，聚集着成群身着连衣裙、脚踏趿拉板的妓女，人们戏称她们为"野鸡游击队"。但对于社会的这些"毒瘤",警方熟视无睹,漠不关心。

在这里,我想说的就是发生在这个混乱时期的一件往事。有一天,我陪着好友丸冈明[①]从白金猿町出来,向着五反田车站的方向走。正值初春时节,夜里的空气湿度很大,夜风刮过脸颊,有一种特别清冷的感觉。当然,这样的夜晚难免会勾起我们的酒瘾。我们横穿过铁桥的步道,向着前边那家张灯结彩的小酒馆走去。丸冈本来是说先在外面溜达一会儿,然后再去那家酒馆喝酒的。可到处都是乱糟糟的,怎么能让人有闲心溜达呢?那边虽说只是一条小巷子,却有三四个"野鸡游击队员"在候着呢。她们懒懒地游荡着,看似无意,却早已瞄准了目标。实际上,我们俩早已成了她们"捕捉"的对象。

"先生,是想喝几杯吧,快到我们这边来吧。"

不由分说,嘴里这么说着,胳膊就紧紧地缠住了我们俩。眨眼之间,旁边又来了几个帮忙的,好像怕我们跑了似的。这时,我觉得后腰也被人拽住了。就在此刻,一男一女与我们擦肩而过,他们之间还亲热地打了个招呼。想必这些人的来历不寻常,那男的一看就像是黑帮里的"大哥"。就这样推来搡去的,我们被推进了一家酒馆的后门。

"好了,快点上去吧!往右拐,里边的房间就是了!"

嘴里一边说着,还是不肯松手。她们说的"右边的房间",是个只有两张榻榻米大小的房间。屋里除了一张陈旧的矮脚饭桌,就再也没有其他家具了。她们把我们摁在薄薄的坐垫上,屋子里一下子

---

① 丸冈明(1907—1968):日本昭和时期的小说家,毕业于庆应义塾大学。

又挤进来四五个女人，人挨着人，真是水泄不通。这哪是喝酒的地方啊？本来倒是想喝一点应付一下的，可人家早有安排，桌子上已经摆满了酒，却连一碟下酒的菜都没有。我俩被她们推拥着，晕乎乎地，也不知到底喝了多少。说实话，我倒没有真醉，不过是装假罢了。因为当时钱包里装了不少的钱，不敢让自己太糊涂了。一眨眼就到了下半夜的两点多钟，我要求买单。

"18000 日元。"

狮子大开口，语气却很轻松。也可能不小心被她们偷看到了我钱包里的钱吧。

这才喝了几瓶酒？这价钱也太无法无天了吧。

"没那么多钱。"

"那就 10000 日元吧。"

讨价还价还挺爽快的。

"那也太贵了。"

"那干脆你就付 8000 走人吧。"

看她的价格降得那么爽快，想必水分很大，我就继续与她们交涉。就在这时，一个面孔凶恶的男人伸进头来大声叫喊道：

"已经没有电车走了，快点付钱走人！"

听语调，显然不是日本人。我心里开始有些忐忑不安了，迅速将 8000 日元的纸币放在桌上，穿上鞋起身要走。可想走哪有那么容易？就像刚才被拉进来的时候一样，我俩的胳膊又一次被几个女人紧紧地缠住了。

"你们就一起来我们家吧。"

"在哪儿？"

"就在这附近。要不今天你们就住我们那里吧。别想跑啊……"

她们一边紧紧地缠住我们的双臂，一边推拥着，跌跌撞撞地直奔烟火痕迹很重的空地而去。我们懵然不知去向，只听见脚下踩着石炭渣子发出的"噼里啪啦"的破碎声。

不一会儿，来到了一栋二层的简易住房前。

"到了，就在这里。今天我们就都住这儿了。"

房子看上去很简陋，可也算是刚搭起来的新房。她们几个合力将我们俩往里推，一直推到八张榻榻米的房间里。房子的结构很奇特，门口是个不到半个榻榻米的小间，往里走两步，就是那间八个榻榻米的房间。这种奇异结构的房子还真让人感到不习惯。不仅仅是房子的结构出于我的意料，房间里竟然连一件家具都没有，连一只茶杯都找不着，就更别说洗脸盆什么的了。唯有房间的顶上，亮着一只刺眼的电灯泡。

就像变戏法似的，不知从哪儿又钻进来几个女人，都是陌生面孔。她们精神头十足，立刻拉开壁柜的门，抱出被褥铺了一地，房间里一下子一点空隙也没有了。她们说笑着，一副乐呵呵的样子。被子铺好了，睡衣也换上了，一个个就往被窝里钻。我原以为这就算睡了，可没想到她们又絮絮叨叨地聊起天来。我与丸冈之间隔着两个女人，也就不敢商量什么了。就在这时，突然从二楼传来一个男人的粗野的声音：

"别说话了，快睡觉！"

女人们一听到这声音马上就安静了下来，最多也就是躲在被窝里说悄悄话。

四周开始传来了微微的鼾声。电灯也没人关，就那么亮着。女人们好像都熟睡了，可我们俩却瞪着双眼，连一点睡意都没有。要是这么睡到早上会怎么样呢？恐怕还会被那些粗胳膊的女人们缠着。再就是楼上的那个男人，他究竟是个什么样的凶神恶煞？还有，我的钱包里装了不少钱呢……心里越想越觉得事情不妙。一直缠着我胳膊的那个女人好像也睡着了，手也松开了。我抬起头看了一眼丸冈——他也正看着我呢，也同样是一副心里没底的样子。我悄悄地钻出了被窝，丸冈也连忙滚了出来。我们轻轻地拉开门，拎起鞋箱上的鞋，抽身就要逃。可没想到的是，那房间里还暗藏着一条狗。一听到响动，立刻就"汪汪"地叫了起来。我想这哪行啊，就蹑手蹑脚地想悄悄地离开。而就在这时，一个女人醒了。

"怎么，你们要跑呀？"

女人一边说着，一边拉开玻璃门，一溜烟儿地跑了出去。我想，她一定是出去叫人了。于是，我们就想趁机赶紧脱身。可大门的锁好像生了锈，拧不开。我与丸冈弄了好一会儿，才把门打了开来。手里拎着鞋，光着脚，也辨不清方向，就一直向公寓的大门口冲了过去。

还是昨夜的那片空地，地面上还竖立着烟囱的管子。不用说，这里原来是公共澡堂子。烟囱的上空，弯弯的月亮似乎在俯看着我们，带着嘲讽的神色，取笑我们这般狼狈。我们玩命地跑着，"呼哧呼哧"地喘着，跑出很远才想起穿鞋。我想，都跑出这么远了，应该不会有人追来了吧，便开始放缓脚步。前面恰巧有一家居酒屋，我们便走了进去。天快亮了，人家好像也准备打烊了，一对看上去很和善的母女正在店堂里收拾着。

"离电车始发的时间还早吧？"

"是啊，还有一会儿呢。要不，二位就先在我们这里歇歇？"

虽然她们的邀请是透着善意的，可这时我们已经成了惊弓之鸟，根本就没心思在这里停留了。于是，就甩开大步，一直向车站走去。这时，天还没有亮，外面灰蒙蒙的，头班车还没有来。等了许久，我们终于坐上了头班车。车到品川①站，我们就急不可待地冲出了站台，跑进一家站前的食堂。我从来没觉得食堂里的一碗简单的酱汤，竟然是那么好喝。最使我感到安慰的是，我钱包里的钱一分也没少。也不知当时把我们挤得身不由己的那些女人们后来怎么样了，或许也能平平淡淡地做一个中学生的母亲吧。

---

① 品川：日本东京都的地名。主要指品川区，也包括港区的品川车站周围地区。

黑澡堂子

　　日本战败后的头一年，我从北京回到了东京。当时的社会可谓是一片混乱，今天说要兑换新钱币，明天又说要关闭某某机构，变化之快真是令人眼花缭乱。那时，只要腰包里有钱，既能喝上酒，也能吃饱饭。可问题是，人们的兜子里根本就没有什么钱。就连到理发店找人剪头发都很难，就更不用说洗热水澡了。澡堂的开放还有时间限制，到了晚上，里面连灯都点不起，弄得人们去也不是，不去也不是。不过，所幸的是，从国外回来的人，头一年是免除税赋的。但这对于我来说也没起多大的作用，生活并没有得到多少改善。不过，这样的免税政策，对于有些人家来说还是有很大帮助的。当时，资源缺乏是最大的困难，没有燃料家里也就烧不了热水，哪能奢望洗热水澡呢？这些年的战争，把能烧的东西都烧光了，基本上没留下什么燃料，像煤那样的"奢侈品"就更不用说了。如此一来，各地的澡堂子有了一个新名词，叫"黑澡堂子"。当时，各行各业几乎都盛行"黑市买卖"。"黑澡堂子"这名词乍听起来确实有些不太顺耳，但也算是一个时代的产物吧。战后出生的孩子们，如今早已长大成人，不知道他们是不是对"黑澡堂子"还有印象？因为到了今天，已经很少有人再提起这件事情了。

那时，正规澡堂子的开放都是有时间规定的，而且也不是每天都开放。家里的浴室也没法用了，早已成了摆设。所以，公共澡堂只要一开门，大家自然就会蜂拥而至，那个拥挤程度就不用说了。说到"挤"，我星期六那天出门，经过上野站，站台上挤满了年轻人，可谓人山人海，觉得喘一口气都很费劲。人们用报纸铺地，坐在地上等车。看到这样混乱的场景，不由得就勾起了我对那时澡堂子的记忆。虽说都是混乱，可时代不同了，性质也就不一样了。

所谓的"黑澡堂子"，就是在澡堂正式开放前，特许一些人先进去泡澡。可普通人哪可能得到澡堂子老板的允许？所以，能够先进去的人，基本上都是有些门路的。由于偶然的因素，我也获得了泡"黑澡"的机会。一天晚上，我散步时，不知不觉就走到了新近繁荣起来的下北泽一带。抬头一看，前面的澡堂旁边有一家挂着"杂烩烫酒"招牌的小酒馆。当时，我也没有喝酒的想法，只是出于好奇心，随手掀起了那家酒馆的门帘子走了进去。

店堂里坐着一位四十多岁的老板娘，边上还站着一位看起来二十岁刚出头、肤色白嫩的女孩，好像正在跟老板娘闲谈。我想，这家酒馆应该也没什么特别的，卖的无非也是一些兑了水的日本酒，要不就是那种没过滤的浊酒之类的。不过，只要能喝到有酒味的饮品，也算是一件开心的事情了。

"阿富，快给客人斟酒啊。"

女孩双手捧着酒壶走到我的面前，小心翼翼地斟满了我的酒杯。那天真的样子，令我感到十分贴心与可爱。也许是因为当时娼妇泛滥，走到哪里都要防备骗局与诱惑的缘故，遇上这种天真无邪的女孩，心里自有一种别样的稀罕。那天晚上，酒兴甚浓，沉醉而归。过了几天，我又约了好友丸冈明一起出来喝酒，自然又到了这家澡堂旁边的"杂烩酒家"。

"两位不巧啊，今天阿富可不在啊。"

我们一进门，老板娘就这样解释道。听她的话音，好像我俩专门是奔阿富姑娘来的。

据说，阿富姑娘是老板娘在战后不久从八王子的野地里捡回来的。当时，无家可归的阿富姑娘昏倒在野地里。当老板娘用"捡回来"这样的幽默字眼告诉我们这件事情的时候，我们俩都忍不住大笑起来。老板娘说，旁边的洗澡堂是他哥哥开的，所以，这小酒馆的房子也是她哥哥特意腾出来给她用的。说着说着，突然从隔壁传来了哗哗的洗澡声，就连洗脸盆打水的声音都能听得一清二楚。

"澡堂子还得过一个小时才开门呢。"

老板娘这么说。可是，我们却感觉到里面有人在洗澡。接着，又从澡堂子里传出了女孩子的歌声。

"谁在澡堂子里唱歌啊？"

"是在澡堂里干活的阿妙姑娘在唱呢。她一定也在泡澡吧。"

除了女孩的歌声，我们还听到了男人粗犷的笑声。

"哦，那是青木，他是做包工的，可喜欢喝酒呢。"

正说着，一个男人走了进来。

"哎呀，太舒服了。"

那男的大概四五十岁，身体还挺壮的，一看就知道是刚才提到的叫"青木"的男人。不一会儿，又进来两个年纪不大的女孩。我想，阿妙姑娘一定就在其中了，而另一位却不知是谁。看那样子，他们三个人都是刚从洗澡堂里面出来的。原来是青木请客，两位姑娘点了杂烩等一些菜肴。阿妙别看嗓音不错，长相却很一般，属于那种"女仆面相"，看上去像是挺能干的。他们几个有说有笑，阿妙姑娘饭量好像也很不错。

在这之后，因为我常去这家酒馆，也终于获得了洗"黑澡"的特权。也许是因为那位阿妙看得起我吧，偌大的洗澡堂里只有三个人，其中唯一的男性就是我。洗完澡之后，自然我就得替青木先生请她们二位吃杂烩了。

阿妙姑娘每次泡澡时都会在澡堂子里面唱歌，一边唱歌一边给我冲洗后背。

"多美的花儿呀，人人好求啊……"

她越唱越来劲儿。我感到自己后背上的毛巾也随着那曲子的节拍，游来晃去的。

"怎么样？要不改天你也去体验一下吧。"

有一次，我想带丸冈一起去澡堂子。他倒是没说什么，也许是有点不太好意思吧。要不就是早就去过了，不愿对我坦白罢了。我不知道"黑澡堂子"后来持续了多久，可这对于我来说，也确实是一段难忘的经历。

旧煤油灯

俗话说："早起三分利。"这话的意思是说，一个人要是总是起床太晚的话，必定是个性情懒惰之人，做不了什么大事，也就不会有什么大的出息。可是，在这个世上，有许多职业是晚上才开工的，天亮之后他们才开始睡觉。对于他们来说，这句"早起三分利"的俗语，大概也就已经没有什么意义了。

我在这里要说的一段往事，可能没多少人能够记得了。当时恰巧发生了"帝银事件"，人们正在纷纷议论的时候，驻日盟军总司令①下达了命令，决定实行"夏令时"——因为夏季天亮得比较早，下令人们将时间调快一个小时。听起来似乎也不无道理。可夏天日

---

① 驻日盟军总司令：第二次世界大战结束，为执行美国政府"单独占领日本"的政策，麦克阿瑟将军以"驻日盟军总司令"名义在日本东京都建立盟军最高司令官总司令部，在日本简称为"GHQ"。

落的时间也同样变晚了，这个"夏令时"只考虑早上，而忽视了晚上。那么，晚上多出来的这一个小时，人们又该怎么打发呢？夏季，一般情况下要到晚上八点多钟天色才开始转暗，完全断黑恐怕就得等到九点左右了。稍微熬点夜，一晃就到了深夜的一两点钟。不管前一天晚上睡得多么迟，第二天早上的闹钟总是毫不留情地要把你吵醒。那时，每天晚上几乎都会停电。也许，晚上经常停电，就是为了迫使人们早点睡觉？可这对于我这样的"夜猫子"来说，实在是一种精神上的折磨。

虽然那时采用的是分片轮流停电的办法，但实际上毫无意义。因为缺乏燃料，家家户户都用电炉。到了晚上，很快就会到达用电量的峰值。所以，路边的变压器一会儿工夫就吃不消了，很快就会形成大面积的停电。就这样，停电循环往复，持续不断。我也无可奈何，只好忍着心中的郁闷，度过一个又一个难熬的夜晚。相反，夜间的美国军营却是彻夜灯火通明。这时，我才真正地体会到了"胜者为王败者寇"的苦楚与无奈。

"要是能有一盏好使的煤油灯就好了。"

这是当时家家户户都有的一个愿望。商店里卖的煤油灯都是些破烂货，简直就是骗小孩子的玩意儿。我的想法是，只要能买到质量好的油灯，就算花再多的钱也值。有一天，我正好在上野的一家咖啡店喝咖啡，看见旁边有位年轻女士背着的布包袱里好像有一盏煤油灯。想必是一盏比较大的煤油灯，灯罩都从包袱中露了出来。可以看得出，这盏煤油灯绝不是那种破烂货。于是，我鼓起勇气搭讪了一句：

"您的包袱里好像有盏煤油灯吧，是在哪家店里买的？"那位女士回过头来看了我一眼，露出了吃惊的神色。她大约二十五六岁的样子，身上的连衣裙得体而大方，给人一种很沉稳的感觉。对于我的冒昧，她没有表示出丝毫的不满，回答道：

"是的，这是我从一个熟悉人那里买的。您想看看吗？"

她很爽快地打开了包袱，给我看了看里边的煤油灯。这盏煤油灯的灯台是铁质的，玻璃油壶是红色的。看上去很结实，一看就知道应该是个老物件儿。

"我父亲过去喜欢收集这类东西，家里已经有很多了。我觉得这个还不错，就买下了。"

当我得知这位女士家里还有很多煤油灯后，心里便萌生了想从她那里求一盏的念头。一旦起了这个念头，就再也没有办法打消了。

"要是您愿意的话，能不能卖给我一盏呢？不管什么样的都行。"

"哦，这样啊。我家里也没什么特别好的。不过，倒是有一盏与这个样式差不多，只是稍微小一号，式样还可以。"

"那太好了！我知道，这样请求您太冒昧了。能不能今天就去您那里取呢？"

"可以啊，就是路有点儿远。在三之轮①那边呢。"

我一心想买盏喜欢的煤油灯，就算打出租车送这位女士去三之轮也值啊。其实，从上野到三之轮也不算太远。

就这样，两个素不相识的人一起坐上了车。近距离观察那位女士的侧面，发现她的睫毛修长而美丽。

_____

① 三之轮：日本东京都台东区的地名，现行行政地名为三之轮一丁目以及三之轮二丁目。

我们乘坐的车来到了三之轮的车库前。她告诉司机一直往前开，然后又向左拐了个弯，就进入了一条小巷子。

"前面有个东西，您看了也许会感到不舒服。"

她笑了笑，看着我说道。

"前天晚上坐车回家时，车子不小心压死了一只白猫。后来，我几次路过这里，看到那只猫的尸体还在那儿搁着呢。慢慢地就变得僵硬了，像具木乃伊。"

"就在前面，您看到了吗？就在围墙那儿，再稍微往右看……"

听她这么一说，车头灯的灯光里仿佛真的出现了个小东西，但我还真有点不敢直视。

"对对，您看，就是那个。"

女士把她那白嫩的手指伸了出来。我终于看到了一只猫的尸体被压扁粘在那里。更残忍的是，猫的脑袋还保持着原样，两只眼睛好像还在瞪着我。

车轮快速地从猫的尸体上碾压而过。我的后背像被什么东西刺了一下，顿时起了一身的鸡皮疙瘩。

"哈哈，看您那认真的样子，好奇怪。"

那位女士看着我的样子，似乎觉得很可笑。

车停在了她家的门前。门口的竹栅栏看起来也有些年头了。

"您请进。家里只有我母亲。"

门口的老式榻榻米踩在脚下有些软乎乎的。旁边的八张榻榻米大的房间铺满了地毯，脚踩上去还是有一种不太踏实的感觉。

她家的煤油灯比我想象中要少许多，大概只有七八只的样子。

"就是这个，要是您喜欢的话。"

煤油灯的油壶虽然小了点，可灯台上的装饰要比刚才的那盏精巧多了。女士始终不肯报价。最后，我也只能按自己的估计付了钱。

"能不能再多一点，再加五日元……"

她的这种交涉方式有些让我感到意外。同时，也感觉到这地方好像不能再久留了。于是，我拿起煤油灯，连忙离开了那里。可一想到回家的路上，我还要再一次看到那只猫的尸体，心里就有点儿瘆得慌。

话说"三痴"

四处收集古旧书籍，其实是一件其乐无穷的事情。当然，这乐趣之中，自然也有"高级"与"不怎么高级"之分。但也并不是说"高级"的就一定好，而"不怎么高级"的就一定坏。说到底，只要真正喜欢一件事，真把它当成自己的乐趣去做，无论怎样都是快乐的。

我以为，喜爱收集书籍的人，与喜爱美食的人写出来的随笔文章，有着许多共同之处。喜欢四下里淘书的人，与喜欢四处寻觅美食的人，心是相通的。而且这样的人，一旦有了新发现，必定是要向朋友们张扬，还会流露出一副洋洋得意的神情。他们的这种做派未免有些孩子气，可与那些以赌马、搓麻将为乐的人相比，听起来倒是更有品位，而且也没有多大的风险。

前些时候，我读了一篇福原麟太郎[1]写的关于淘取英国查尔斯·兰姆珍稀版本书籍的随笔文章，内容十分有趣。还有内田鲁庵[2]的一本淘书笔记，也同样妙趣横生。两本书都是有关书迷淘书的逸闻趣事。这与美食家们在寻找美味的过程中，孜孜以求的情景毫无二致。要不怎么说他们的写作风格会那么相似呢？喜欢书的人也可以被称之为"享乐主义者"，因为布里亚·萨瓦兰[3]曾经说过："美食的享受是人类被赋予的独有特权。"我以为，这句话对于书迷来说也是同样适用的。

有人会讥笑书迷们只会收藏，不会读书。这种讽刺实际上就等于说一个美食家在擅长品味美食的同时，又必须是个营养学家一样。可以说，抱有这样想法的人，实际上并不真正了解淘书的乐趣。当然，如果一个爱读书的人，同样也是一个爱收藏书的人的话，那就更加完美了。不过，即便两者不能统一，也无碍于什么。爱书者、爱读书者、美食家、营养学家，都有他们充分的存在意义。

一直以来，由于研究工作的需要，我都是不惜金钱四处收集各种文献资料的。我觉得，这样的收集爱好也算是一件很奢侈的事情了。另外，我还会像添置小玩具似的，去收集一些好玩的书。比如，

---

[1] 福原麟太郎（1894—1981）：日本东京的英文学者、随笔家，艺术院会员。师从东京高等师范学校的冈仓由三郎。1919年起任东京文理科大学教授。

[2] 内田鲁庵（1868—1929）：原名贡，别号不知庵，日本明治时期的评论家、翻译家、小说家。

[3] 布里亚·萨瓦兰：全名让·安泰尔姆·布里亚·萨瓦兰（1755—1826），出生于法国贝莱，法国律师、政治家和美食家。曾在法国大革命时期的制宪议会任职，后回到家乡贝莱担任市长。曾经流亡美国，在纽约帕克剧院担任首席小提琴手。1796年，他获准回到法国，开始创作《厨房里的哲学家》。该书直到1825年才得以出版发行。

我是属兔的，就特意去买一些有关兔子的书。虽然书的性质不同，可在收集过程中付出的精力和时间，以及所享受的快乐都是相同的。那些美食家也同样，有的时候会去高级饭庄品尝大师烹饪的山珍海味，有时则会去小巷子里寻找那些连招牌都没有的无名菜馆。这也同样说明，"淘书"与"淘味"，既异曲同工，又其乐相当。说到这里，我还有一"痴"未提，那就是"情痴"。下面我就来说说这个话题，凑成"三痴"。

"书痴""食痴"之外，就是"情痴"了。我以为，爱书与贪吃以及好色三者之间，存在着很多相似之处。这个"好色"也可以分为两种，一种是高级的，一种是低俗的。有些男人一见到女人，就会想尽办法弄到手。可一旦达到目的，就像抛弃一双破鞋那样毫不珍惜。这种男人一般会以金钱控制女人，还会以玩弄过众多的女人而沾沾自喜。不但厌旧喜新，而且还喜欢大肆张扬。这样的"好色"，就是低俗的好色。另一种是敬爱女人，真正被对方优雅的气质所吸引，耳濡目染当中，不断追求着自身性情的完美与成长。这才能称之为高级的好色。

《金瓶梅》这部作品中的西门庆就是只要看到稍微有点风韵的女人，不管对方是人妻还是姑娘，都会成为他骄奢淫逸的对象。这毫无疑问是属于低俗的。相比之下，在诗人歌德的生涯中，每一次交往的女人都会给他带来巨大的影响，并且收获了自身的成长。在追求爱情的过程中体会欢喜与悲愁，给自己带来一种精神上的升华。

那些不断炫耀自己收藏书籍数目的"书痴"，以及那些将高档酒楼作为自高自大资本的"食痴"，从本质上讲，都与西门庆属于同一类人，也可以说是低俗之辈。相反，那些虽然数目没有那么多，可收藏书籍样样是珍品，那些虽然没去多少高档酒楼，但味觉敏锐过人、能够识别美味的人，亦可称之为"高级"。

"书痴""食痴""情痴"，这三者之中的翘楚，说到底，就是要能够使生活更加美好。生活品质高的人，可以使人生变得更加精彩，同时也能够不断地提升自己的人格魅力。而低俗者，往往有可能毁灭自身，还可能给他人带来危害。我们既然生于斯世，应该在可能的情况下，尽量让自己的人生充满色彩，尽量不要积淀太多的后悔与遗憾。这也算是人情之常吧。

弗朗索瓦·维庸[①]一生做过许多见不得人的事情，也是个十分好色的男人，看上去好像没什么品位，总体上应该列入"低俗"的行列。可作为诗人，却是久负盛名。这又该怎么解释呢？但假如维庸不是一个诗人，他顶多也只能算是个无赖。虽说他的一生看上去也算快活，但从社会的关联性来论，必然还是会为世人所诟病的。

---

① 弗朗索瓦·维庸（约 1431—1474）：法国中世纪最杰出的抒情诗人。他继承了 13 世纪市民文学的现实主义传统，一扫贵族骑士抒情诗的典雅趣味，是市民抒情诗的主要代表。

薄暮时分

　　每逢黄昏时分，人们的心里总是会有那么一点忧虑与不安。天还没有完全黑下来，西方的天际还闪耀着落日的余晖，城市的街道上开始闪烁起霓虹的灯光。这时，在远方的天地之间，似乎还有那么一缕朦胧的光影。因而，眼前五光十色的灯光，看起来也没有夜间那么耀眼夺目。

　　黄昏时分，有的人正在回家的路上，有的人正在赶往繁华的闹市。那些筋疲力尽的人们，那些精力充沛的人们，拥挤着，碰撞着，匆匆擦肩而过，也不知他们的心底里都隐藏着些什么样的喜悦与悲伤。早上出门上班，午间忙着办事，夜晚赶着回家……一般情况下，这就是人们一天当中，几个不同时段活动的大致规律。可黄昏之时却是最使人困惑的，有时甚至很难判断有些人的去向。也就是说，想要解读那些黄昏时分徘徊在大街小巷的人群，是一件很伤脑筋的事情。

我喜欢在黄昏的大街上溜达。虽说不如白天那样明亮，却也足以看清周围的景象。天色不会太亮，也不会太暗。街灯逐渐地亮了起来，我漫步在日光与灯光交接之中。对于我来说，一天当中也就只有那么十几分钟是正好的。在这短暂的时刻，人们往往无法把握自己的心态，容易变得慌乱。每天生活的节奏那么快，如果自身的节奏与城市忙碌的节奏完全一致时，就能够体会到一种发自内心的快感。所以，每当日落时分，我会满腔热忱地迎接这特殊时刻的到来，并且加倍珍惜这短暂的安闲。

　　过去，人们把傍晚时分形容为"逢魔时分"，孩童们坚信在傍晚的时候有可能被魔鬼拐走，我小的时候也听到过这样的说法。这种说法虽然是为了让孩子们在天黑之前早点回家，可从这句话来推测，一定是很久以前流传下来的一个民俗的概念。

　　很奇怪，每到傍晚时分，我就会产生一种坐立不安的感觉。而且这种不安的感觉，从小到大始终都没有得到改善。要是按照"逢魔时分"的传说来解释的话，也许小时候有一种神秘的东西潜入了我灵魂的深处，而且留下了浓重的阴影。可不知为什么，这种感觉偏偏又那么美好，那么令我着迷。同时，我还能感觉到它所包含的一丝伤感成分。

　　在傍晚的微光之中，我常常会在花店的橱窗前停下自己的脚步。我看到橱窗里摆放着麝香豌豆花①、康乃馨，还有仙客来等各种颜色的花卉。这些色彩，与白天的阳光以及夜间五彩的灯光截然不同。它们是那样的淡漠，却又是那样的能够打动人的心弦。

---

① 麝香豌豆花：一种蔷薇科植物，17世纪末在西西里岛被发现，花香浓郁。

一天傍晚，外边开始下起了小雪。我还是像往常一样，站在花店橱窗的前面，细细察看那些花儿的颜色。纷纷扬扬的雪花盘旋飞舞，而我却不知它们来自何方。我出神地看着，感觉到头顶上飘着的雪花是灰色的，但就它们落地的那一瞬间突然变了白色。不久，积聚在地面上的白雪，又被霓虹灯光染成了红色。

天色迟暮，又一个夜晚降临了。

涩谷素描

　　那只皮毛有些肮脏的名叫"八公"的大狗，经常在涩谷车站检票口徘徊的身影，想必很多人都见过。当时的"八公"，被报纸炒得沸沸扬扬，早已是一只名扬天下的名犬。要是从检票口正对面的"明治制果"①的二楼朝下看，每当名犬"八公"迈着缓慢的步子出现时，人们能清楚地看到它那肥大而又笨拙的躯体。说实在的，从远处看，"八公"给人的印象确实是一条有些脏兮兮的狗。并且，要是在淫雨连绵天气里，它身体的皮毛会呈现出灰褐色，给人一种惨兮兮的感觉。

　　对于"八公"的忠义行为，日本社会给予了高度的评价，并且

---

① "明治制果"：日本东京著名的制造糕点等食品的企业，位于东京都中央区京桥二丁目4番16号，成立于1916年10月9日。作为著名的老字号食品经营企业，受到消费者的广泛好评。

为它竖起了铜像，似乎在倡导人类要以"八公"为道德楷模。在它的铜像面前，前来祭奠的人们络绎不绝，鲜花不断。在那里，不仅能够看到祭奠的鲜花，还经常能够看到约会的人们——"'八公'前，几点钟？"这是最为简洁的约会方式，也是最为合适的接头暗语。我每每在"明治制果"的二楼看到这样的约会，一股消遣般的惬意便会从心底里油然而生。即便是在"二二六事件"①发生的情况下，我的好心情也没有受到影响，还是很悠然自得。所谓的悠然自得，也就是指当时在各个百货公司开设了"特别食堂"②，那些食堂比起普通的食堂来，供应的食物要稍微好一些。如今已经辞世的户川秋骨③虽然滴酒不沾，但在吃的方面却是一个行家里手。他总是喜欢邀约我们，四处寻找可以大享口福的地方。如果没有什么特殊情况的话，一般每个周六都会出去寻找美食。一天，我们走进了东横百货的"特别食堂"。那天一起吃饭的人，除秋骨外，还有一位个子特别高的汉子，一位曾经办过《青铜时代》杂志的美男子，加上我，一共四个人。不一会儿，食堂的女服务员就给我们每人送来了一瓶啤酒。看来，她好像知道我们采用的是"AA 制"似的。啤酒上来后，我们发现瓶子上还用片假名作了标记。最先发现的是大个

① "二二六事件"：1936 年 2 月 26 日至 29 日，发生在日本东京的一次武装政变。出于改造国家的目的，陆军青年军官们率领陆军部队发动军事政变。26 日早上起事，27 日实行戒严，28 日宣布参与政变的部队为"叛乱军"，责令士兵回归原部队。29 日平息了叛乱，首犯 17 人被枪决。
② "特别食堂"：日本对饮食店的另一种称谓。
③ 户川秋骨（1871—1939）：日本的评论家、英国文学研究家、教育家、翻译家、散文作家。

子，他的瓶子上写的是"ナガイ"①，我的瓶子上写的是"ハゲ"②，美男子的瓶子上写的是"イイ"③，秋骨的瓶子上写的是"ジジイ"④。被写了"ナガイ"的大个子非常恼火，愤愤地要找食堂的管理员算账。秋骨表示反对，说：世上哪还有比这个让人开心的事情呢？一方面，他为食堂能在啤酒瓶上写上自己名字而感到开心；另一方面，他又为愤怒得满脸通红的大个子的不解而感到开心。我深深地了解秋骨的心思，也与他一样感到很开心。

可是，这所有的一切，包括真正的"八公"、最初的铜像、"特别食堂"、秋骨，如今都已经不在人世了。而且，在涩谷这块土地上，也不再像当年那样悠然自得了。呈现在人们面前的，到处都是杂乱的繁华景象。

在东横电影院稍微前面一点，有一条叫"柳小路"的小胡同。走进那条小胡同，不远就能在左手边看到一家"美奈津"年糕小豆汤店。这是一家广受好评的饮食店，前来就餐的人每天都如同蚁群一般，把个小小的店铺挤得水泄不通。常常能够看到食客们为了等一个就餐的座位，将队伍长长地排到街口。再看那些进店就餐的人们，脸上的表情根本就不像是来喝甜甜蜜蜜的年糕小豆汤的，满脸紧张和忧郁，仿佛是在被人追债一样。

尽管如此，也并不影响他们乐于来这个店里品尝年糕小豆汤。"美奈津"小店的客人，无论老少，脸上的表情都与涩谷的表情保

---

① "ナガイ"：日语，意思为"长子"。
② "ハゲ"：日语，意思为"秃子"。
③ "イイ"：日语，意思为"好的、美的"。
④ "ジジイ"：日语，意思为"老头子"。

持着高度的一致：没有闲情，极度紧张，惨兮兮的样子——他们在端起碗喝那甜甜的年糕小豆汤的时候，脸上的表情是这样的。哪怕就是在天色将暮，等候就餐的队伍排到大街上的时候，他们的表情也同样如此。但至少心情是快乐的。在那些饮食店当中，当然还是以烤肉店居多。不过，食客们进到店里，大多是要上五六串烤鸡肉，"咯吱咯吱"地啃完，端起酒杯"咕嘟咕嘟"地大口喝完，然后就匆匆地离开了。听不到闲谈笑语，喝的是闷酒，欢乐的情绪似乎离他们很远很远。但是，他们也与喜欢"美奈津"年糕小豆汤的食客一样，内心是愉快的。也许，就是这种令人难以理解的矛盾状态，才体现出了涩谷的现代化吧？从涩谷发车的两条郊外电车线路——帝都线和玉川线，每天早上将人们运进来，每天晚上再将人们运出去。从这一带的酒馆、餐饮店出来的人，回家的交通工具，无非就是在这两趟电车当中做选择。

爬到道玄坂中段的时候，右手边有条购物街。街上有马尔可尼百货商场、涩谷百货商场、福屋百货市场，等等。每当我在这条街上溜达时，自然而然地就会想起北平的东安市场和西单商场。虽说要是将北平的那些市场与这里做比较的话，简直就是大秃头和尚与小矮子一样不成比例。但是，就在我看到它的一瞬间，似乎感觉到它们之间还是有些相似之处的。乍一看，还以为是从中国引进的购物市场呢。可再仔细一看，感觉又不像。怎么会这样呢？心里不免有些疑惑。单就北平市场上商品的丰富多彩与规模宏大这一点，在大火烧过的地段上盖起来的寒酸的棚户区就没法与之相比。要是这里的规模再扩大几十倍，不单卖大头鱼、切片海带、旧衣物，而是有更多的商品种类、更加完备的服务设施的话，可能还会让人觉得与北平市场差不多。如今的日本，到处都时兴便宜货，涩谷这边的购物市场，廉价货物就更多了。所以，我们要是想在涩谷市场买东西的话，只有粗制滥造的东西。这也许就是我特别羡慕北平东安等市场的原因吧。因为道玄坂的购物市场与之有些相似之处，看到之后，心里便产生了愉悦的感觉。这大概也就是一种莫名其妙"伤感主义"的表现吧。

说起便宜货，就不得不说说与第一银行并排的那家名叫"梅兰"的饭店里卖的烧卖。就那个价钱，两碟子就能吃得饱饱的。就冲着这一条，也足以吸引那些从帝都线、玉川线电车上下来的乘客了。"梅兰"卖的这种大个头的烧卖，也是涩谷一带很有特色的食品之一。以前在浅草，有条被人们称之为"寿司胡同"的僻静小巷，两边全都是寿司店。

我认识一个涩谷的不良少女，家住在林荫桥旁。她的父亲是开钟表店的，而她的母亲就是这个钟表店老板的婚外情人，在圆山开了一间"待合茶屋"。所以这个女孩是个私生女。她就是在这样阴郁的环境里长大的。同时，由于受到战后社会上不良风气的影响，成了一个没羞没臊的不良少女。她生在涩谷，长在涩谷，毕业于涩谷的一个商业学校。可以说，是一个地地道道的"涩谷女孩"。她身体健硕，做派庸俗，浑身都散发着低俗女人的味道。所以，要是带她去购物市场里面的茶馆、酒馆之类的地方还凑合，要是跟她做情侣，去银座散步，或一起看电影什么的，就绝对不合适了。当然，她本人也并没有这样的"雅趣"，至多也就是在涩谷这个范围之内混混日子罢。要是有人愿意与她在涩谷一带交好的话，代价很低，不用花多少钱。例如，做个老式的发型，买件式样陈旧的衣服，弄一点普通的化妆品，等等。她并不讲究，也不会成为男人的累赘。不仅不会成为累赘，就凭那么一些廉价的东西，也能使她那女仆般健硕的身体散发出勃勃的生机。说她是麦田种地的农妇，说她是纺织厂的女工，说她是战后特殊环境里混世的女人，似乎都不太贴切。最终，她还是属于涩谷购物市场的女人。但她最真实的面目，却是与那些徘徊在站前第一银行广场广告牌下，以及聚集在"八公"新铜像周围的"暗门子"，只差一层没有捅破的窗户纸。每天从白天到夜晚，她那神出鬼没的脚步，始终出没于第一食品商店街、第二食品商店街，还有涩谷百货商店、美容店等场所。在她"神出鬼没"的途中，我常常有机会与她说长道短。可遗憾的是，对于她的夜间生活，我却是一无所知。那是因为她健美的身姿打住了我询问的好奇心。可她整天在男人堆里混日子，这一点我是很清楚的。前面所说到的"只差一层没有捅破的窗户纸"，也只是我自己的一种猜测罢了。

说起来又是过去的事情了。那是明治四十年至四十一年（1907—1908年）期间，我离开了出生地麹街，搬到青山的南街六丁目去住。那时因为我年纪尚幼，只能记得一些片段。在如今涩谷的东横电影院下方，曾经有一条溪流，时刻都能听到它哗哗作响的流水声，还有风车转动的"嘎吱嘎吱"声。再往前面走一点，有一户装着古老的冠木门①的住宅，有位名叫齐藤的儿科医生就住在那儿。当然，如今那里已经成了热闹的场所。不过，那也只是一处郊外的热闹场所，一处便宜的热闹场所罢了。如果说还有什么珍贵的东西的

---

① 冠木门：一种日本民宅的大门，即在两根木柱上搭一个横梁。

话，那就是从宫益坂的顶端，瞭望道玄坂方向的遥远的天空，欣赏天边落日的余晖。唯有这一美景是自古至今没有变化的。尤其是冬天的富士山，它的壮美实在是难以用语言来描述。想必，涩谷村上的说书人松崎慊堂先生，也曾经无数次地站在这里仰望过富士山吧。

夜间游览巴士

　　有了夜间游览巴士，就给游人们增添了观赏东京夜间风光的乐趣。的确，听听"夜间游览巴士"这个名字，就很具有魅力。那么这个巴士究竟怎么样呢？抱着怀疑的心态，我来到始发站新桥站前一探究竟。据介绍，巴士每天晚上六点钟发车，围着市区的名胜古迹转悠大约三个小时。说实话，我并不知道他们所说的东京的"名胜古迹"都包含着哪些地方，所以，就想跟着它游览一番。这个游览巴士是夜间的，不耽误我的工作，并且还可以试乘。这样一来，我的愿望就轻而易举地得到了满足。

　　巴士从新桥出发，走的是银座大街。这辆车与普通的游览巴士大体相同，有40个座位。我巡视了一下车内，没有看到一张熟识的面孔。这些乘车游览的人，看样子差不多都与我一样，是朝九晚五每天都得挤国铁或是都电的上班族。随车的导游手持麦克风，开始介绍沿途风光。首先介绍的是银座的来历，以及周边的主要建筑物。

尽管在"游览巴士"前面加了"夜间"这样一个形容词，但对于风景名胜的介绍，采用的依旧是报流水账的方法，解说词浅显易懂，与平常的游览巴士没什么区别。这当然不是巴士导游员的过错，不过，解说词倒是还可以修改得更幽默风趣一些。看上去游客大多是东京本地人，都在与自己的游伴热烈地交谈着。坐在最后面的两个年轻男子，正在就鲍勃·霍普①出演的电影高声争论。我想，再过些日子，也可能会有农村来人乘坐这种巴士，游览东京的风光吧。从现在的情况看，肯定都是这些好打嘴仗的东京人，在车上空耗时间。

游览车从东京温泉开往昭和大道，又从昭和大道开往歌舞伎座。为了让游客观摩歌舞伎，巴士在这里停了下来，让我们下了车。

"各位游客，请随我来。"

我们虽说都是居住在东京的游客，可一旦在导游的引导下，按照规定的线路行走时，马上就有一种到了异国他乡的感觉，忍不住探头探脑，四处张望起来。我们来到高处的观摩席，俯瞰着仿佛深在谷底的舞台。我们在这里停留的时间比较长，可以从容地观摩歌舞伎的演出。可是，等到幕布拉上之后，我们又得坐上游览车继续游览东京的夜景。由于是游览巴士，理所当然得走规定的线路。无非就是从日本桥到浅草桥，然后是浅草广小路——这样的一段行程是多么无聊且黑暗。我们就这样在黑暗中赶路，在黑暗中听着隅田川的流水声。好不容易车子开到了浅草广小路的路口，开始见着一点亮光了。可转瞬之间，巴士在"蛸松月"糕点铺那里转了个弯，开

---

① 鲍勃·霍普（1903—2003）：原名莱斯利·汤斯·霍普，生于英国，美国电影、电视、广播喜剧演员，电台与电视主持人，脱口秀谐星及制作人。

上了暗蒙蒙的东京的街道。游览车到达上野的广小路之后，眼前是一片光明，心里似乎也一下子敞亮了许多。到达上野之后，导游员介绍道："这里是上野的古战场……"我不由得吃了一惊。再仔细一想，的确，上野是曾经发生过战争啊，所以就一定有"古战场"啦。

游览车开过丸之内大厦街，经过劝银财团门前，进入了田村町。在劝银门前，导游是这样介绍的："您或许感觉到自己中奖了，而实际上是很难中的。这就是彩票。"听到他说出这样的一句解说词，我觉得很不错，挺有意思的。后来打听到，这是导游自己的创作，原来的解说词脚本上是没有的。

在游览车回到新桥始发站之前，我们在田村町的佛罗里达咖啡馆一边喝咖啡，一边观光。那些连成长串的红灯笼，使人感受到了观赏樱花时的陶醉氛围。或许，这就是真正具有东京特色的风物吧。

中央邮电局

　　岁末的中央邮电局，大概可以算是全国最忙碌的地方了。作为全国的中心局，即使在平时，这里每天也有大约 300 万份邮件的收发量，占了日本全国的三成之多。可想而知，岁末的忙碌景象非同一般。于是，我便起了访问它的心思。一溜排开的营业窗口，到处都是前来办理业务的人群，真可谓是人山人海。长长的队伍，排得满满的，无比壮观。

　　除了例行的贺年邮件之外，让邮电局繁忙的还有包裹的邮寄、存款的支取、外币的兑换，等等。所以，岁末的忙碌，实在不是平日可比的。仅是贺年的邮件，去年就收发了大约 600 万件。据说，今年可能突破 700 万件。并且，自从和谈实现之后，正式恢复了国际邮政会议的地位，圣诞邮件也是剧增，达到了惊人的数字。与上年度相比，翻了一番。这样一来，外国邮件窗口格外忙碌，简直就想借着猫的爪子来帮忙。更为有趣的是，随着外国航空公司开设的国际航班的开通，"航空邮件"数量增长速度加快，已经占了全部邮件的60%。而那些寄往外国的邮件，又有许多疏漏的地方。有些邮件的地址只是写着"东京·日本"字样，属于地址不详。因此，工作人员复核、纠正这些邮件地址，也是一件麻烦的事情，真是十分费心劳神。

费心劳神的还不光是这一宗，处理岁末国内互赠礼品小包裹的柜台，也同样忙乱得如同战场一般。无论是收到的包裹，还是待发送的包裹，都得将实物与邮单一一核对，以免出现差错。由于煤炭工人罢工，减少了列车的车次，目前受理这种邮件是有数量限制的。可24日以后列车车次全面恢复，那些滞留的邮件也将会如同决堤的洪水，瞬间铺天盖地地涌来。只要想象一下，工作人员就会不寒而栗，心里发慌。

小包裹的受理数量，平时每天大约35000份左右，现在每天大约是120000份。据估计，岁末新春之际，可能还会成倍地增长。可想而知，这样巨大的数字，不是要人的命吗？

这样的忙碌，连带着"小包裹医院"也自然地忙了起来。所谓"小包裹医院"，就是指处理破损包裹的工作人员——这是邮局内部的一种称呼。其实，这也是一件非常辛苦的差事。有些破损的包裹，居然会掉出高野豆腐之类的食物，还有核桃之类的干果，滚落得满地都是；更有甚者，装味噌的容器被压扁了，里面的酱汤流了出来，沾染了装衣物的包裹；还有丢了盖子的蜂蜜罐子，等等。承担修理工作的服务人员必须在配送时限之内，将它们一一修整完好。

最令人难以应对的是，破损的邮件上连地址也不见了。

重新填写地址标签的事情，也属于邮件修理岗位工作人员的职责。他们得一边"咣当咣当"地往邮件箱子上敲钉子，一边慌急慌忙地在标签上写地址。那种忙乱，让人看起来心酸。

邮件必须按照各个府、县进行分类处理。在分拣棚内忙得不可开交的，大多是勤工俭学的学生。据说，一天工作八个小时，可以挣到240日元。这也绝不是一件好干的差事。中央邮电局的工作人员约计2000人，到了岁末特别忙的时候，要雇用1000名左右的临时工。这些临时的用工，自然都是勤工俭学的学生了。他们大约三成左右是熟练工，经常在这里打工，具有这方面的工作经验，所以不需要进行技能的培训，可以直接使用。

圣诞礼品邮件的高峰期是从12月20日至24日，而贺年邮件则在28日进入高峰期。今年的28日是星期天，邮局方面正在密切关注贺年邮件的新动向。

透过杂乱无章的窗口，从柜台里边往外看，在十分拥挤的人群后面，似乎还有些神秘人物散坐在大厅的椅子上。他们就像是商量好了似的，一边悠然地抽着烟卷，一边浏览着报纸杂志。听说，这帮人总是泡在中央邮电局，窗口前的椅子似乎就是他们做买卖的事务所。这些人很难对付，可谓赶也赶不走，撵也撵不散。中央邮电局方面也觉得很棘手，也不知道他们到底做的是什么买卖。

我远远地看着这几个悠然自得的人，心想，在年末忙得不可开交的情况下，这些人也一定有着属于自己的那份忙碌吧。

图书在版编目（CIP）数据

东京暮色 /〔日〕奥野信太郎著；王熹微，王新民
译 . —上海：上海三联书店，2020.4
ISBN 978-7-5426-6975-9

Ⅰ . ①东… Ⅱ . ①奥… ②王… ③王… Ⅲ . ①随笔 –
作品集 – 日本 – 现代 Ⅳ . ① I313.65

中国版本图书馆 CIP 数据核字（2020）第 015309 号

东京暮色

著　　者／	〔日〕奥野信太郎
译　　者／	王熹微　王新民
责任编辑／	程　力
特约编辑／	蔡时真
装帧设计／	鹏飞艺术　周　丹
监　　制／	姚　军
出版发行／	上海三联书店

（200030）中国上海市漕溪北路 331 号 A 座 6 楼

印　　刷／	三河市中晟雅豪印务有限公司
版　　次／	2020 年 4 月第 1 版
印　　次／	2020 年 4 月第 1 次印刷
开　　本／	640×960　　1/16
字　　数／	116 千字
印　　张／	14.5

ISBN 978-7-5426-6975-9/I · 1603

定　价：42.80元